Pommes & Fritz

Gewidmet ist diese Erzählung meinen Neffen Dennis, Luca und Finn sowie all den anderen Kindern und Jugendlichen, die in diese Zeit hineinwachsen und genau wie Pommes & Fritz hoffentlich den Mut finden, sich ihr entgegenzustellen, auf diesem Wege ihre Bündnispartner zu finden. Für jeden bitte ein 'Feuerhaar & Kohle'!

Heiderose Kesselring

Pommes & Fritz

2035

Bibliografische Information der Deutschen Nationalbibliothek
Die Deutsche Nationalbibliothek verzeichnet diese Publikation in der Deutschen
Nationalbibliografie; detaillierte bibliografische Daten sind im Internet über http://dnb.d-nb.de abrufbar.

© 2011 Heiderose Kesselring
Satz, Umschlaggestaltung, Herstellung und Verlag:
Books on Demand GmbH, Norderstedt
ISBN 978-3-8448-7217-0

Danksagung

Ich bedanke mich bei Ursula Heintz, die bei all meinen Texten und Versuchen als Zuhörerin, Leserin und erste Kritikerin ihre Zeit verschenken musste. Dank auch an meine Mutter, der ich gerade mit diesem Manuskript ganz schön in den Ohren hing.

20. Mai 2035

Die Gardinen sind noch zugezogen, fahl und schüchtern lugt die Morgendämmerung in das dunkle Zimmer. Der computergesteuerte Weckton drängt sich unangenehm auf. Charlotte bewegt sich träge unter der Decke, die sie bis zur Kinnspitze nach oben gezogen hat, dreht sich müde um.

Tatsächliche Uhrzeit: 6.00 Uhr. Empfundene Uhrzeit: 3.45 Uhr, denkt sie. Jeden Morgen das gleiche Scheißspiel. Sie seufzt. Traumfetzen wabern durch ihr schlaftrunkenes Gehirn. Vergeblich versucht sie, die ein oder andere Szene zu erinnern, einzufangen, vielleicht aufzuheben. Der Weckton stört. Er klingt so, wie in diesem Drogeriemarkt, wo sie vergeblich versucht hat, einen der teuren Deostifte zu klauen. Ganz zu schweigen von den Tattoosets, die sie von ihrem Taschengeld nicht bezahlen kann. Aufdringlich und peinlich dröhnt er mit einem Ton, der einen fast auszieht und vor aller Augen wie ein Insekt dastehen läßt. Es hat keinen Zweck, noch länger liegen zu bleiben, weil sich dieser Ton leider nicht manuell abstellen läßt.

Ähnlich wie im Drogeriemarkt. Sie hätte furchtbar gerne einen unsichtbaren Schalter gedrückt und dann blitzartig die Biege gemacht. Da ihre Matratze mit einem Sensor ausgestattet ist, wird dieses Getöse erst enden, wenn sie sich aus dem Bett nachweislich erhoben und nicht wieder hingelegt hat. Charlotte streckt sich mißmutig, wirft das Deckbett zurück und schwingt die Beine aus dem Bett. Jetzt noch mit einem Ruck den Hintern hoch und sie steht. Die Stille tut einfach nur gut.

Wie jeden Morgen verdreht sie ihre Augen, als sie von der weiblichen Computerstimme freundlich begrüßt wird: Guten Morgen, Charlotte Fritz. Wir wünschen dir einen erfolgreichen Tag! Jeden Morgen das gleiche dumme Gesülze. Sie kann es auswendig.

Charlotte ist zwölf und damit schon fast erwachsen. Seit einem knappen Jahr hat sie ihre Tage. Mit einer lässigen geübten Handbewegung schwingt sie ihr ungekämmtes, langes blondes Haar nach hinten über die Schulter, spickt mit zusammengekniffenen hellblauen Augen auf die funkgesteuerten Ziffern des Kalenders. Wir schreiben den 20. Mai 2035 des digitalen Zeitalters. Des Zeitalters der vollelektronischen Netzwerkgesellschaft. Während sie ihren schlanken sportlichen Körper reckt und allmählich versucht, sich in ihre Tagesaufgaben und das, was man früher Stundenplan nannte, hineinzudenken, leuchtet auf dem Display ihres Plasmafernsehgerätes der heutige Arbeitsplan auf.

Oh je, denkt sie, wieder einmal volles Programm. Abholen mit dem Schülershuttle: 7.25 Uhr. Einlaß durch die Schleuse ins Schulgebäude: 7.40 Uhr. Unterrichtsbeginn: 8.00 Uhr. Mittagstisch: 13.00 Uhr bis 14.00 Uhr. Arbeitsgruppen, Hausaufgaben, Recherchen, selektive Trainings, Physiotherapie, Sprachtrainig, unterbrochen von Bewegungseinheiten, Singen in unterschiedlichen Chören, Diskussionen zu ausgewählten Themen: 14.00 Uhr bis 18.30 Uhr. Abendessen mit anschließendem Duschen: 18.30 Uhr bis 19.45 Uhr. Auschecken ab 19.45 Uhr. Schülershuttle: Ab 19.45 Uhr. Ankunft zuhause: 20.15 Uhr. Mann, Mann, Mann, was für ein Tag. Nicht auszudenken, wie der Vormittag gefüllt sein würde! Englisch, alte Sprachen, Germanistik, Mathematik, Informatik, Globalisierung, Ethik und Gesellschaftslehre und wie das ganze Zeugs heißt.

Charlotte kennt es nicht anders. Aus Erzählungen ihrer Eltern und Großeltern weiß sie, dass die gute alte Zeit so lange ihr Gutes hatte, bis man sie schlichtweg abgewählt hat. Abgewählt und damit abqualifiziert. Das so genannte 'Goldene Zeitalter' war jetzt. Die Zukunft war heute und begann täglich neu. Sie kennt ihre Eltern fast nur vom Sehen, aber immerhin. Viel Zeit zum Kennen lernen und Austauschen besteht nicht. Da sie alle anderweitig und sehr speziell beschäftigt sind, schicken sie sich häufig Emails, um ein wenig voneinander zu erfahren. Die im Volksmund abfällig benannte und, wie andere Konzepte auch, vielseitig interpretierte 'Pisser-Studie' scheint ihrer Meinung und Kenntnis nach den Anfang vom Ende der alten Zeit eingeläutet zu haben.

Die Intelligenten verlassen das Land. Die Globalisierung beginnt und die Deutschen sind hohlköpfig am Arsch der Welt. Diejenigen, die sich Bildungssysteme ausdenken und Veraltetes pflegen, weil sie ihre Schmerbäuche nicht mehr heben können, kriegen Herzrasen. Was jetzt? Aufgeregt wie dicke Hummeln mit lautem Gebrumm lassen sie altes Zeug pauken und Klassiker lesen. Noch mehr als vorher. Der Kanon wird erweitert. Leistung, Leistung! Allzuviel ist nicht in ihrem Gedächtnis hängen geblieben.

Schlaue Geschäftsleute hatten damals einen kolossalen Markt entdeckt und die Erwachsenen, die ohnehin nicht mehr wußten, wo ihnen der Kopf stand, an der Nase herumgeführt. Und das noch für teures Geld.

Charlotte gähnt. Sie steht immer noch auf einem Fleck und starrt ihren Arbeitsplan an. Früher, das erinnert sie noch aus den Erzählungen, hatten Kinder und Jugendliche an den Nachmittagen meist frei. Sofern sie nicht freiwillig oder auf Wunsch der Eltern singen, steppen, voltigieren oder zur Nachhilfe gingen. Das war die Zeit, wo die Schlauen im Lande aus alten Mustern neue Bildungskonzepte zusammenstrickten und teuer verkauften. Das war die Zeit, wo sich HirnforscherInnen und PädagogInnen verzweifelt bemühten, eine brauchbare Leitlinie zusammenzuschustern. Eine, die Kindern und Jugendlichen echt brauchbar in eine gute Zukunft hilft.

Freizeit, sinniert sie. Bei Gelegenheit muss sie sich einmal die genaue Definition aus dem Netz ziehen.

Das goldene Zeitalter

Der Ton mahnt. Das ultraflache Plasmafernsehgerät ist überdies mit einem Wärme- und Bewegungssensor ausgestattet, der sehr genau alle Bewegungen im Raum registriert und die verwendete Zeit misst. Nicht nur misst, sondern gleichzeitig Relationen ausrechnet.

Charlotte kommt sich meist etwas fremd und ferngesteuert vor, wenn der Mahnton ihr sagt: Du stehst zu lange in deinem Zimmer rum, gemessen an der Zeit, die du hast bis du zum Schülershuttle musst, hast du zu viel verbraucht! Unwillig schabt sie sich mit dem Zeigefinger über die Nasenkuppe. Nicht umsonst hat sie, so kommt es ihr zumindest vor, das Gefühl, die Zeit gehöre ihr nicht. Sei nicht ihre eigene. Trotzig stampft sie mit dem Fuss auf. Scheißegal! Wenigstens einen Gedanken will sie 'mal in Ruhe zu Ende denken.

Also, wie war das? Graue Köpfe hielten fest an Bildungsidealen, die ihnen selbst schmeichelten. Ihnen Ansehen und Geld garantierte. Und Einfluß. Und natürlich ihre Bequemlichkeit. Wenn man sich so richtig satt irgendwo hingesetzt hat, bewegt man sich nicht mehr so gerne. Was immer schon gut war, wird auch heute und morgen noch taugen. Das war wohl verkehrt. Gleichzeitig forderten sie Fortschritt, Entwicklung und Wachstum. Und wußten nicht, dass sie nicht mithalten können. Alles ist morgen! Weit nach meiner Zeit! Bis zur Rente werde ich meine Schäfchen im Trockenen haben, nach mir die Sintflut!

Kinder sind die Weltbürger von morgen - sollen sie doch machen! Mahnungen und Forderungen nach Nachhaltigkeit wurden nicht so heiß gegessen, wie sie gekocht wurden. Irgendwann fanden schlaue Insider heraus, dass die Alten Bildungsmethoden, die fünfhundert Jahre und länger noch vor ihrer Zeit aufgestellt wurden und wieder brandaktuell waren, immerfort ignorierten. Vielleicht weil sie nichts davon wußten. Oder selbst zu doof waren.

Das Chaos wurde mit jedem Tag größer. Die Gesellschaft war verantwortlich. Bloß, wer war das? Eltern, die zusammen mit den Alten verunsichert waren und versagt hatten, waren verantwortlich und von einem panischen Gedanken getrieben: Leistung! Keiner wußte mehr so recht, was Bildung eigentlich war.

Niemand wollte der 'Pisser' sein.

Trotz aller Versuche an Kindern und Jugendlichen ging's bergab. Kinder und Jugendliche, die in einem Heer von Arbeitslosen die Rente von morgen sichern und die Wirtschaft ankurbeln sollten, hatten fast nur noch ein Dollarzeichen auf der Stirn. Kurz, ihre Zukunftssorgen wurden immer schlimmer und außerdem waren sie fast zu Geld geworden. Wohl gemerkt, zum Geld für die Alten! Denn ob die Renten auch für sie selbst reichen würden, war sehr, sehr fraglich.

Charlotte ist fast versucht, in der Eile des Nachdenkens in der Nase zu bohren. Auch wenn sie sich nicht von der Stelle rührt, läuft die Zeit. Durch Unbeweglichkeit kann sie sie nicht anhalten. Versuchsweise kneift sie die Pobacken zusammen. Bei Jungs in ihrem Alter hat sie diese Gymnastik gesehen. Anspannen und loslassen. Tja, neue Schulsysteme sollten an Land, Vorbilder aus fernen Zeiten und anderen Ländern gab es wohl. Und doch, die Alten waren zu träge. Zu miserabel ausgebildet, um das Ruder endgültig herumzureißen. Staatliche Gelder wurden verschleudert. Planmäßig und doch konfus.

Schulen und Kindergärten klappten unter dem Ansturm überforderter und planloser Eltern zusammen.

Es war, als ob sich die Erdplatten wieder bewegten, Erdbeben provozierten und die Kinder fast in die tiefen Spalten dazwischen fallen ließen. Der ein oder andere junge Mensch wurde im Laufe dieses Krieges ganz sicherlich zerquetscht, zermalmt, geopfert und verloren. Obwohl überhaupt nicht geschossen wurde.

Die Kosten für den Staat wuchsen ins Unermeßliche:

Kinder und Erwachsene wurden krank. Behandlung und Therapie verschlangen Unsummen.

Kinder brauchten einen Haufen Lernförderung und ganztägige Betreuung, weil sie von ihren Eltern oft nicht mehr richtig versorgt wurden: Personal- und Betreuungskosten verschlangen Unsummen.

Kinder und Erwachsene wurden durch mangelnde Bewegung und falsche Ernährung fett. Und krank. Behandlung und Therapie verschlangen Unsummen.

Kinder wurden mißhandelt, verschleppt und umgebracht. Ermittlungen, Prozesse und Knastaufenthalt verschlangen Unsummen. Und so weiter.

Irgendjemand von den Politikern, Charlotte kann sich an den Namen nicht so recht erinnern, weil ihr stets ein anderer einfällt, hat dann kräftig auf den Tisch gehauen. Aufhören! Hat er gebrüllt. Und: Schluß jetzt! Seid ihr alle wahnsinnig, hat er gezischt und gewütet. Dann, als alle vor Schrecken erstarrt still waren, kam er mit seinem Plan um die Ecke. Puh, viele atmeten erleichtert auf. Jetzt plötzlich war alles geregelt. Gott sei Dank. Sagten sie. Obwohl die Erwachsenen im multikulturellen Zeitalter mit Gott eigentlich nicht mehr so viel am Hut hatten.

Widerstände durch Kräfte die schon immer am Werk waren wurden niedergeknüppelt. Nicht nur mit Worten. Die alte Zeit wurde blitzartig durch Neuwahlen abgewählt.

Charlotte legt langsam ihre Hand in das mit Latex überzogene Gerät flach an der Wand neben dem Türrahmen. Grauer Latex auf blitzendem, kaltem Metall. Vollelektronisch und computergesteuert. Mit dem Servernetzwerk des Staates unmittelbar verbunden. Der Multifunktionsscanner, mit dem das goldene Zeitalter noch vor ihrer Geburt eingeläutet wurde. Mit geschlossenen Augen erwartet sie den Pieks in den Finger, der die allmorgendliche Blutkontrolle ankündigt.

Alles klar

Multifunktionsscanner und deren Gebrauch sind in jedem Haushalt Pflicht.

Nicht nur für die erwachsenen Arbeitnehmer, sondern in erster Linie für SchülerInnen. Kosten sollen auf ein Minimum zusammengeschrumpft und auf alle Fälle effektiv eingesetzt werden. Mit Nachhaltigkeit. In diesem Sinne wird unheimlich darauf geachtet. Und zwar deswegen, weil das, was zuvor Unsummen verschlungen hat, in diesem Ausmaß nicht mehr entstehen soll. Worte wie Prävention und Prophylaxe sind an die Spitze des Alphabets gestiegen.

Der Plan ist einfach: Was Erwachsene nicht mehr regeln können - aus welchen Gründen auch immer - macht jetzt der Staat. Der gute Vater Staat kümmert sich um alle seine Kinder.

Kranke Kinder behandeln? Ja schon, aber in Grenzen. Alles wird dafür getan, Krankheiten zu verhindern.

Fette Kinder durch Frustessen und mangelnde Bewegung? Kein Problem, das kriegen wir in den Griff.

Gewalt und Drogen, Erpressung und Mobbing an Schulen? Vorsorge ist besser als Büßen. Konzentrationsstörungen, Bildungslücken, Gedächnisprobleme, verplemperte Zeit und zu viele Computerspiele? Das war gestern.

Der Pieks kommt.

Obwohl Charlotte den Augenblick genau kennt, zuckt sie immer wieder zusammen. Seitdem sie zur Schule geht, kennt sie das morgendliche Scannen wie Zähneputzen. Sie kann dabei träumen oder auch nicht. Manchmal oder eher mit zunehmendem Alter geht es ihr ganz ordentlich auf den Keks.

Glücklicherweise werden ihre Gedanken nicht gescannt. Manchmal stellt sie sich vor, wie das nötige Wissen und die Verhaltensregeln des goldenen Zeitalters mit dem morgendlichen Einsetzen eines Computerchips in ihr Genick erledigt wären. Sie kriegt diese Vorstellung nicht los und schüttelt sich immer wieder dabei.

Ödes Ding! Am liebsten würde sie mit einem kräftigen Kickbox-Schritt dagegen treten. Blutkontrolle? Oh ja, Drogenscrenning, Alkoholtest, Blutfettwerte und so weiter. Auf die Toilette darf sie übrigens erst, nachdem sie das Zimmer verlassen hat. Sie weiß nicht genau, wie es funktioniert, aber Urin, Nieren- und Leberwerte werden auch getestet. Sogar ihr Gewicht und der gefühlsmäßige Gesamtzustand werden ermittelt.

Auch das, was sie im Unterricht menschliche Biochemie nennen wird abgefragt. Bei der Verdachtsdiagnose 'Depressive Verstimmung' zum Beispiel werden ärztliche und psychologische Termine sofort gebucht und auf einem kleinen Merkzettel ausgedruckt.

Der Scanner weiß noch vor ihr, ob sie ihre Tage kriegt oder noch nicht. Das Gerät brummt, piepst und vibriert leise. Aha, die Meldung kommt: Fett- und Eiweißwerte sind kritisch, der Rest in Ordnung. Charlotte seufzt. Sie weiß, was das heißt. Ohne dass sie etwas veranlassen muss, werden elektronisch die Lebensmittel im Kühlschrank der Familie abgecheckt, online neu bestellt und bis zum Nachmittag geliefert sein. Sie kann diese Bequemlichkeit manchmal schätzen. Manchmal. Wenn etwas schiefgeht, hat sie es nicht zu verantworten. Auf dem Monitor der Schulkantine wird in diesem Moment ihre heutige Einteilung unter der Rubrik Schonkostesser sichtbar.

Dennoch denkt sie: Abgefratzter Mist. Mit meiner Lasagne ist es Essig.

Check in

Charlotte ist Einzelkind, deshalb kann sie das Badezimmer alleine benutzen. Manchmal vermißt sie einen kleinen Bruder oder eine jüngere Schwester, obwohl sie insgeheim furchtbar gerne einen älteren Bruder gehabt hätte.

Ihr Vater, für den das frühere Stichwort 'Berufliche Mobilität' zum Dauerzustand geworden ist, befindet sich bereits auf der zweistündigen Anreise zu seinem Arbeitsplatz. Im Winter kommt er wegen der Witterungsverhältnisse meist erst am Wochenende nach Hause. Abends wird es oft spät, sodass Charlotte oft schon im Bett liegt, wenn er endlich nach Hause kommt.

Ihre Mutter saust kurz durch den Flur, das Handtuch noch um die nassen Haare geschlungen, den Fön in der Hand auf dem Weg zu ihrem 'Home Office' am Ende des langen Flures ihrer doch recht großen Altbauwohnung, deren Miete und Energiekosten gerade so noch im Rahmen liegen. Während sie den Rechner hochfährt trocknet sie die Haare und liest die Aufträge für heute.

Charlotte findet ihre Eltern eigentlich ganz nett. Zugegebenermaßen kennt sie sie nicht so gut und bedauert manchmal das Zusammenleben und doch nicht miteinander sein. Gerade in letzter Zeit sinniert sie häufiger darüber nach und überlegt, ob sie tatsächlich das Dasein ihrer Eltern als Vorbild für ihr eigenes künftiges Leben wählen soll. Beide sind enorm beschäftigt, rennen hektisch Aufträgen und Aufgaben nach. Das Wort 'Kündigungsschutz' klingt manchmal spätabends aus dem Wohnzimmer.

Ihre Eltern, obwohl an für sich sogar in ihren Augen noch nicht so alt, sehen müde und erschöpft aus. Die Arbeitstage sind lang, die Stunden scheinen nicht auszureichen, denn am nächsten Morgen sind immer noch Aufträge übrig, nie wird man fertig. Die Hausarbeit wird von einer Studentin erledigt, die sich die Studiengebühren finanzieren muss. Abende, an denen die gesamte Familie für eine kurze Zeit beisammensitzen kann, finden meist nur samtags statt.

In der abgewählten alten Zeit, so hat sie herausgefunden, wurde offen kritisiert, dass Kinder täglich allerhöchstens 15 Minuten Gespräch mit ihrer Mutter hatten. Im Gegensatz zu heute war das echt viel. Charlotte nimmt sich vor, bei nächster Gelegenheit ausführlicher darüber nachzudenken. Schnell schlüpft sie in abgetragene Klamotten, schrubbt ihre Zähne, blickt prüfend in den Spiegel und kämmt rasch ihre Haare. Jetzt nichts wie runter zur Haltestelle. Bis auf ihren Hausschlüssel hat sie kein Gepäck dabei. Sie braucht keines. Bücher, CD-Roms, Schreibmaterial und Papier. All dies wird im Schulspind gelagert. Da sie sämtliche Mahlzeiten in der Schulkantine einnimmt, fällt abendliches Brote schmieren oder ein liebevolles Zubereiten des Frühstücks flach. Da die meisten Eltern so leben wie ihre und beim allerbesten Willen keine Zeit mehr für ihre Kinder aufbringen und weil der Politiker so kraftvolle Pläne geschmiedet hat, besteht in der Tat zwischen Eltern und Staat die Vereinbarung:

Ihre Kinder kommen abends lückenlos gebildet, erzogen und mit Nahrung versorgt nach Hause. Als Gegenleistung setzen sie tunlichst mehr Nachwuchs (was leider nicht so klappt) in die Welt und arbeiten für einen geringen Lohn fast rund um die Uhr.

Ihre 'Himmelfahrtsnase' wie sie selbst ihren Schnüffelstempel nennt, schnuppert nach Regen. Alles okay. Sie muss wegen der Regenjacke nicht noch einmal hochrennen. Der Shuttlebus kommt mit quietschenden Reifen um die Ecke durch das eigentlich malerische Altstadtviertel geschlittert. Charlotte wohnt gerne hier, obwohl viele der Häuser schon lange nicht mehr renoviert sind und die Ladenlokale von früher leerstehen. Immerhin gibt es Bäume, obwohl sie in der Stadt lebt, kann sie - zumindest am Wochenende - die Vögel hören. Auch in anderen Wohnungen gibt es Kinder, in der Regel eins. Seltener beneidete zwei. Sie kennen sich mehr oder weniger flüchtig aus der Schule.

Über Tag hier ist das Viertel fast ausgestorben und menschenleer. Bis auf diejenigen, die in dieser Tagesgeisterstadt im Home-Office sitzen und sich abmühen.

Die vordere Tür des Shuttles öffnet sich, rasch legt sie ihre Hand in den allgegenwärtigen Scanner neben dem Eingang, wartet das Erkennungssignal ab, damit auch jeder weiß und nachvollziehen kann, dass sie tatsächlich in diesen Bus gestiegen ist und auch wieder aussteigen wird. Klasse! Der Platz neben ihrem Freund Paul ist noch frei. Paul, ein lang aufgeschossener schlaksiger Kerl mit dichten schwarzen Locken, einem blauen und einem braunen Auge, unheimlich vielen Sommersprossen, grinst sie freundlich an und klopft mit der linken Hand einladend auf den Sitz. Spricht ihn jemand auf seine unterschiedlichen Augen an, reckt er sich, legt seine rechte Hand auf aufs Herz und flötet treuherzig: "Bei mir sieht man halt, daß ich von beiden Eltern abstamme: Mein Vater hat braune Augen und meine Mutter blaue, so kann ich Vorteile und Nachteile im Leben zur gleichen Zeit sehen. Ich bin halt Philosoph!".

Charlotte läßt sich auf die Sitzfläche plumpsen, der automatische Sicherheitsgurt schließt sich sofort. Sie rempelt ihn freundschaftlich mit dem Ellenbogen an. Ey Pommes! Pommes ist sein Spitzname aus der Kindergartenzeit, als er noch ein wenig rundlich war. Kein Mensch weiß mehr so ganz genau, wie er dazu gekommen ist. Vom Pommes essen allein wird es nicht so geworden sein, denn die Wächter der Nahrung waren damals schon wach.

Der Shuttlefahrer gibt Tempo, die Fahrgäste werden paarweise quatschend in die Sitze gedrückt. Manche lachen, erzählen sich schnell einige Witze oder unterhalten sich flüsternd. Charlotte kommt kaum dazu, Paul nach irgend etwas zu fragen. Immerhin ist er, knapp älter als sie, in ihrer Klasse und hängt in der Pause nicht nur mit den Jungs rum. Sie freut sich auf ein wenig Getuschel mit ihm, vielleicht in der Pause, beim Einscannen oder einer der Sportstunden.

In der Frontscheibe kommt das Schulgebäude in Sicht. Riesig, trutzig, aus dunkelgrauen Steinquadern wie ein Legohaus aus der Gründerzeit zusammengebaut, stemmt es sich mit den Schultern wie eine riesige Aga-Kröte auf den Boden. Charlotte findet, manche Häuser scheinen aus dem Erdboden zu wachsen.

Dieses hier nicht. Mit großen eisenvergitterten Fenstern links und rechts neben der verglasten Eingangschleuse wirkt es erst recht lauernd. Sprungbereit. Pommes guckt nachdenklich, als sie ihm rasch flüsternd von ihrer Fantasie erzählt. Immer, so wispert sie ihm ins Ohr, hat sie den Impuls, lieber nach rechts auszuweichen und um das Gebäude vorsichtig herumzugehen. Nicht hinein. Lieber nicht.

Nicht auszudenken, wie viele unzählige Stunden ihres Lebens sie darin schon verbracht hat und noch verleben wird! Unzählig!?! Pommes spottet. Dank des Scanners ist das überhaupt kein Problem.

Abklatschen ist ein Wort der Zeit und meint das allgegenwärtige Einlegen der Hand in einen Scanner. Im Shuttle, morgens beim Aufstehen, in der Schulkantine, beim Einkaufen, beim Arzt, fast überall. Auf Bahnhöfen und Flughäfen allemal.

Der Shuttle hält an, alle klatschen ab und steigen aus. In einer langen Schlange stehen sie vor der verglasten Eingangsschleuse, auf deren Dach die schon kräftige Maisonne scheint. Der ein oder andere Schmetterling hat sich unter das warme Dach verirrt und flügelt vor den Gesichtern und Mündern der Wartenden umher. Schon wieder abklatschen!

Ganz klar, wer das Schulgebäude betritt, wird registriert. Hier protestiert niemand offen, allerhöchstens wird verhalten gekichert. Zwei Mitarbeiter des schuleigenen Sicherheitsdienstes stehen breitbeinig und konzentriert Wache, während die anderen beiden wie am Flughafen die Personen durchwinken und kontrollieren. Drogen und Waffenbesitz sollen ein für allemal eliminiert werden.

Langsam und doch zügig wird eine Person nach der anderen durchgewinkt. Bis auf einen Gutenmorgengruß fällt kein Wort. Wer im Schulgebäude ankommt begibt sich zu seinem Spind, klatscht ab, öffnet ihn und holt die registrierten Unterrichtsmaterialien ab. Nichts wird in die Schule mitgebracht, nichts wieder mitgenommen. Zumindest kein Material.

Einer kommt heute morgen fast zu spät, drängelt sich entschieden mit flüchtigen Grüßen nach rechts und links durch die Schlange der Kinder und Jugendlichen. Seine große behäbige Gestalt mit dem Speckring um die Hüften, glänzender Stirnglatze vor graumelierten Löckchen, babyblauen Augen unter buschigen weißen Augenbrauen und einer Nase, die an den fast abgekauten Endzipfel einer Bratwurst erinnert, ist allen unter mehr oder weniger erfreulichen Umständen bekannt. Mit seinen Riesenpratzen, die den Scanner fast verschlucken und seiner Krähenstimme, die ab und zu eine Durchsage durch das Gebäude krächzt, bleibt er einem schon im Gedächtnis.

Justus von Schreyhammer, der Rektor. Insidern eher unter der Bezeichnung 'Der Streithammel' als Verballhornung seines Nachnamens geläufig. Mutige unter ihnen flüstern von den Zeiten, in denen der 'Streithammel' 'einen 'Vogel' hat. Im Verborgenen wird es geraunt, als kleiner intellektueller Jux. Als Arbeitnehmer unterliegt er Nahrungskontrolle und Abklatschen genauso wie seine Schülerinnen und Schüler. Deswegen wundert sich alle Welt, wie es ihm gelingen konnte, seinen Speckgürtel anzuzüchten.

Übergewichtige Kinder und Erwachsene, die bei den Krankenkassen Unsummen an Folgekosten verschlingen, sollen schließlich verhindert werden. Ältere Mädchen vermuten kichernd, er habe es vielleicht mit den Drüsen. Die Kleinen vermuten, er räubere in der Schulküche. was jedoch wiederum, wie die Schlaueren unter ihnen schon wissen, im Rahmen der elektronischen Überwachung kaum möglich sein wird. Egal, der Streithammel schafft sich durch. Seine Rechte und Pflichten als Rektor ermöglichen es ihm.

Im hohen, fast gotisch anmutenden Kuppelbau des Eingangsbereiches mit seinen grauen Steinquaderwänden trennt sich die Kolonne der Kinder und Jugendlichen in links und rechts. Links findet sich der Umkleidebereich für die Mädchen, rechts der für die Jungens. Vor 10 Jahren schon wurde als eine der neuen Errungenschaften die pädagogisch sinnvolle neue Schulmode unter großem Beifall der Eltern eingeführt.

Da sich alle auf die Konzentration ihres Geistes konzentrieren und möglichst wenig abgelenkt sein sollen, hatte die Schulverwaltung mit Rektor Schreyhammer an der Spitze den Eltern die praktische und reizarme tatsächliche Arbeitskleidung vorgeschlagen. Bequem, niemals bauchfrei, leicht waschbar, einfach praktisch. Nämlich den so genannten 'ÜbadrüSch' (gleichzeitig eine Sprachübung für jüngere Schulkinder), die Über-alles-drüber-Schutzkleidung.

Quasi einen Blaumann für die Schule. Macht alle gleich, bis auf einen kleinen Unterschied. Mädchen tragen mit Rücksicht auf ihre sich entwickelnde Weiblichkeit hellblau.

Körperformen verschwinden fast in den weiten Kleidungsstücken. Weite Hose und weites Oberteil. Für alle. Da diese Teile Kleidung für die ganze Woche sind, müssen Eltern keine besonderen Beträge für Mode oder das, was früher 'hip' genannt wurde, ausgeben. Des Nachts genügt der Schlafanzug, am Wochenende das, was ohnhin im Schrank hängt und sich durch den ÜbadrüSch nicht so rasend schnell aufträgt. Markennamen sind überflüssig, Diebstahl und Mobbing wegen materieller Äußerlichkeiten auch, Statussymbole ein Überbleibsel der alten Zeit oder eine Erinnerung daran.

Die Schulglocke läutet durchdringend und anhaltend, letzte Spindtüren schlagen zu, Materialien werden unter Arme geklemmt, hell - und dunkelblaue schnelle Schritte hasten durch die Gebäude, Türen knallen zu. Der Unterrichtstag hat begonnen.

Charlottes Traum

Charlottes Körper unter der warmen Bettdecke bewegt sich unruhig hin und her, unwillig schüttelt sie mit dem Kopf. Die Vorhänge sind dicht geschlossen, schwaches Straßenlaternenlicht dringt durch die Ritzen, nur ganz selten fährt ein Auto, dessen Scheinwerferblendung an der Decke entlangrast.

Bis auf die Standbylampe am Fernsehgerät, das morgens anspringt, um den täglichen Arbeitsplan einzuspielen, ist alles ausgeschaltet und ruhig. Momentan sind Überlegungen im Gange, wie es gelingen kann, auch dieses Standby einzusparen, die Geräte frühmorgens auf andere Art ins Laufen zu kriegen. Strom ist ein kaum bezahlbares Gut, die elektronische ganzheitliche Überwachung und Aufsicht verschlingt Unsummen. Unsummen, die sich nach Ansicht des Staates jedoch lohnen, weil andere Folgekosten eingespart werden.

Im ganzen Haus ist es ruhig. Nachtschichten im Home-Office dürfen mit Rücksicht auf den Reproduktionsschlaf der Hausbewohner nur schweigend und ohne musikalische Untermalung durchgeführt werden. Nachts herrscht ausschließlich E-Mail-Korrespondenz, Telefonate sind auch, wie bereits erwähnt, untersagt.

Auch Charlottes Eltern liegen im Bett, die Türen zwischen den Zimmern sind fest geschlossen. Vor allen Dingen für ihren Vater ist die Nacht arg kurz. Lieber steht er sehr früh auf. Nicht nur, um wochentags nach Möglichkeit, wenn es irgendwie geht, zuhause zu sein sondern auch, um die teuren Pensionskosten zu sparen. Nämlich dann, wenn sich eine Übernachtung aus beruflichen Gründen vermeiden läßt.

Die Dunkelheit im Zimmer ist warm. Die Schlafgeräusche des Hauses wirken beruhigend.

Auch das Haus scheint erschöpft, läßt die Schultern hängen. Es ist schon sehr alt und hat Generationen von Bewohnern und Bewohnerinnen kennen gelernt. Kindergetrappel tagein, tagaus.

Singen, Kreischen, Streiten, Juchzen und Tänze. Jawohl, vor allen Dingen die Tänze waren etwas, wo es mitunter am liebsten die Augen gerollt und verdreht hätte. Es war wie zu viel Magensäure oder Durchfallkriegen.

Als die Marschmusik aufkam, fühlte es sich auch fast zackig, konnte so manchem Mitsummen nicht widerstehen. Beim lauten Weinen der Kriegerwitwen allerdings hätte es am liebsten Ohrenstöpsel benutzt. Seine Wände vibrierten jaajaa, soosoo. Gut, bei Mozarts Nachtmusik schwang seine Seele mit, bei den Klängen der Moldau juckten die Kellerwände, moderne Klassiker mit schrillen, unmelodisch klingenden Violinenstrichen waren eine ziemliche Prüfung, Rock und Pop oftmals eine Erschütterung für den Lebensnerv.

Das Haus hat viel gespürt, erlebt und miterlebt. Heute wünscht es sich resigniert und vergeblich wenigstens ein bißchen Pop. Rap ginge auch.

Charlottes Hände zucken fahrig über die Decke. Ihre Augäpfel unter den geschlossenen Lidern schnellen hin und her. Mit zusammengepreßten Lippen hält sie Töne zurück. Schrille Stimmen, die nicht entweichen dürfen. Schlanke, trainierte Beine befehlen die Decke weg, sie gleitet still auf den Fußboden. Getroffen vom Standby-Lämpchen des TV-Gerätes.

Charlottes Lippen reißen auf, der gewaltige Schrei eines verwundeten Tieres macht sich den Weg frei. Mit aufgerissenen Augen und schweißnassem Haar sitzt sie im Bett.

Atemlos starrt sie an die Wand und versucht, ihre Gedanken zu sortieren. Gefangen in Resten ihres Traumes kann sie sich nicht regen. Der Rücken ist starr. Die Beine verkrampft. Kalter Schweiß rinnt an ihren Gliedmassen herunter. Verdauungssäfte, denkt sie.

Um Gottes willen, stinkige Magensäfte. Sie japst nach Luft. Wie soll ich atmen, wenn ich gerade verdaut werde? Ich kriege das ganze eklige Zeug in die Lunge. Hilfe! Ich ersticke, wenn ich einatme, werde ich ertrinken. Und ersticken. Und verdaut werden. Um Gottes Willen, was für ein gräßlicher Tod.

Zitternd wie Espenlaub, mit gespreizten Fingern und kalten Füßen sitzt sie immer noch. Und japst. Und hustet. Und weint.

Um sie herum wattige Stille. Sie versucht, zaghaft zu tasten. Ihre Fingerkuppen erwarten rutschige, klebrige Magenwände und erspüren Luft. Nichts als Luft. Eine Steigerung der Perversion, wie abartig. Eine Täuschung also. Demnach steckt Intelligenz dahinter. Das Opfer in Sicherheit wiegen, die Magenwände einziehen, so tun, als wären sie keine Bedrohung, um dann im richtigen Augenblick einen Schwall Magensäure drüberzukippen, die das Opfer in Verdauungssäften langsam aber sicher zu Tode kommen lassen.

Bei dem Stichwort 'Intelligenz' regen sich Charlottes Lebensgeister. Ich denke, also bin ich. Dieser Gedanke setzt Gewissheit frei. Scheinwerferlicht streift über die Zimmerdecke, das Haus sagt nichts. Ihre Augen sehen dem Lichtkegel nach. Taschenlampen in Krötenmägen sind sehr unwahrscheinlich.

Weitere Opfer, die mit Taschenlampen Krötenmägen von innen ausleuchten auch. Allmählich nehmen die vertrauten Umrisse ihres Zimmers Konturen an:

Die Tapete mit dem zarten Mückenschissdekor, ihre Lampe aus einem großen, bekannten Möbelhaus, rechts von der rechten Hand die Nachttischlampe auf dem kleinen knallroten Beistelltisch, Vorhänge mit bunten Papageien, dahinter schemenhaft Übertöpfe mit Zimmerpflanzen und der endlos lange Asperagus, dessen leuchtendgrüne Nädelchen immer wieder auf den Boden rieseln.

Drüben an der Wand ihr ziemlich ausladendes Holzregal mit ihren Lieblingsbüchern, ihrer Musikanlage und den Kopfhörern, dem Plasmafernseher und den zwischen Büchern und Gegenständen eingequetschten Stofftieren und Barbies.

Von früher.

Ihr Blick schweift weiter. Stimmt, hier hängen zwei Tierposter. Delfine und Seekühe. Dazwischen das kleine Bambusregal mit der Edelsteinsammlung. Rechts vom Türrahmen der Scanner und vor ihrem Bett der bunte geflochtene Läufer. Sie war daheim.

Ihre Handflächen liegen voll auf der Matratze auf. Aha, sie war tatsächlich im Bett. Charlotte versucht, mit einem Fuß das Deckbett wieder zu angeln und starrt gleichzeitig auf die Türe, ob sie sich nicht heimlich und hinterlistig öffnet. In den letzten Sekunden ihres Lebens war unmißverständlich deutlich geworden, was Täuschung bedeuten kann. Sie zieht unter der warmen Decke die Knie nah an den Körper heran, umschlingt sie mit ihren bloßen Armen unter dem kurzärmeligen T-Shirt, wippt mit den Fußzehen. Dreht den Kopf so weit sie kann um die eigene Achse und nimmt ihr Umfeld noch einmal in Augenschein. Alles wie immer. Alles vertraut.

Ich bin wach.

Ihr Kopf ist wieder klar, der Angstschweiß getrocknet. Das war ganz klar ein Albtraum, denkt sie sich, und zwar einer von der übelsten Sorte. Ich brauche einen Plan. Auf gar keinen Fall will ich sofort wieder einschlafen und diesen Scheiß zu Ende träumen oder gar noch einmal träumen! Verdammt, was war das nur?

Ich werde versuchen, mich zu erinnern und das Ding zu Ende zu *d e n k e n.* Jawohl! Entschlossen schneuzt sie ihre Nase. Nur einschlafen darf ich währenddessen nicht.

Mit unter dem Kopf verschränkten Armen legt sie sich ins Kissen zurück, kneift die Augen zu Schlitzen zusammen und holt sich eines nach dem anderen zurück. Traumbild für Traumbild:

Die Kröte mit der gläsernen Zunge

Wie jeden Morgen klatscht Charlotte ab, fährt mit dem Shuttlebus die langweilige Strecke zum Schulgebäude, steigt aus, klatscht wieder ab, geht stramm den Weg zur Eingangsschleuse. Routine. Wie jeden Morgen. Die ausgewaschene Jeans klebt in der Wärme leicht an ihrem Körper, das T-Shirt flattert im Sommerwind, der Hausschlüssel in der engen Hosentasche ist schon ganz heiß. Beim Hinsetzen drückt er etwas. Aber egal, so sind wenigstens die Hände frei, später wird er im Spind liegen und den Tag verpennen. Im Grunde hat er ein gemütliches Dasein: Täglich übt er genau zweimal seinen Beruf aus - morgens beim Abschließen, abends beim Aufschließen. Ansonsten läßt er sich herumtragen und verdöst den Tag.

Charlotte hat es eilig und wie jeden Morgen keine Zeit, sich die Umgebung anzuschauen. Ihr Blick konzentriert sich auf das Schulgebäude, seine grauen Granitquader sehen heute aus, wie aus Kandiszuckerblöcken herausgehauen. Die Verglasung der Eingangsschleuse schimmert in der frühen Morgensonne, Nachfalter kleben noch an den Wänden. Erste Tagschmetterlinge strecken ihre Flügel, um Wärme und Beweglichkeit aufzutanken. Gleich werden sie losfliegen.

Zu Charlottes Erstaunen, sind heute keine dunkel gekleideten Leute vom Sicherheitsdienst auf dem Posten. Die Scannermännchen, wie sie die beiden anderen, die dem Flughafenpersonal so ähnlich sind, nennen, auch nicht. Charlotte stutzt. Skeptisch stemmt sie die Hände in die Hüften, dreht sich zu Pommes und fragt: Was um alles in der Welt ist denn hier los? Ob jemand eingebrochen hat oder was?! Pommes ist nicht da. Niemand steht hinter ihr.

Charlotte dreht sich komplett um die eigene Achse. Außer ihr steht kein Mensch auf dem Platz vor der Eingangsschleuse. Die Kinder und Jugendlichen, die vor und nach ihr aus dem Shuttlebus gestiegen sind, sind weg. Unsichtbar. Wie vom Erdboden verschluckt. Irgendwie von der Erdoberfläche entfernt. Kein Mensch, kein Hund, kein Papierschnipsel, nichts. Kein Windhauch. Die Luft steht.

Nichts rührt sich. Kein Vogelgezwitscher. Kein Falter fliegt. Keine Motorengeräusche oder sonstigen Töne aus der Stadt. Noch nicht einmal der Scanner piept. Was er sonst gerne tut, wenn das Abklatschen zu langsam geht.

Charlotte lauscht und meint, ihre eigenen Atemzüge nicht hören zu können. Vor ihrem leisen Huhu? springt sie erschrocken zurück. Überlaut und mit Echo tönt es zu ihr zurück: huhu?! Huhu?! Huhu?!

Die Schallwellen verebben. Charlotte könnte jetzt das tun, was ihr sonst in ihrer Fantasie vorschwebt. Nämlich, sich rechts am Gebäude vorbeidrücken, verschwinden und den Tag mit anderem verbringen. Leider jedoch steht sie wie angewurzelt auf einem Fleck. Beobachtet das scheinbar reglose Schulgebäude, das sich so trutzig und angriffslustig mit den Schultern auf den Erdboden stemmt. An den Seitenwänden bemerkt sie die kräftigen sprungbereiten Oberschenkel der Nebengebäude, die mühelos den schweren Körper in die Senkrechte bringen könnten. Die eisernen Gitter der unteren Fenster links und rechts der Schleuse haben sich in einem unbemerkten Moment in jeweils eine glänzende schwarze Scheibe verwandelt, die freischwebend mitten in der Fensterscheibe hängt. Wie wunderschön, denkt sie, wie zwei schwarze Monde.

Der granitene Kuppelbau des Eingangsbereiches sieht aus wie ein gewaltiger Kopf, hinter dessen kurzem Hals sich der mächtige Rücken des ersten und zweiten Stockwerkes wölbt. Eine merkwürdige Faszination geht von dem Ganzen aus. Charlotte kann sich nicht trennen. Im

Gegenteil, sie fühlt sich persönlich und unmittelbar mit diesem Ding, das vor fünf Minuten noch ihre Schule war, verbunden. Kandiszucker, hmm. Das wäre jetzt gut. Durch ein sachte aufkeimendes mulmiges Gefühl könnte sie jetzt ein Bonbon gut brauchen. Plötzlich fällt ihr ein, dass sie vor der letzten Wäsche, die zuhause in die Maschine gefüllt werden mußte, ein durch die Hosentaschenwärme ziemlich verklebtes Hustenbonbon gefunden hat. Hoffnungsvoll kramt sie in ihren Taschen. Gesäßtaschen und vorne. Vergeblich. Außer dem heißen Schlüsselbund ist nichts drin.

Die riesigen Granitkandis beginnen zu knacken. Toll, ein Geräusch! Etwas lebt! Niemand ist da, dem sie das zeigen könnte.

Die Luft wird stickig. Irgendwie klebrig und mühsam zu atmen.

Ein Granitkandis nach dem anderen spielt mit seiner Muskulatur. Streckt, spannt an, lässt los. Reibendes, unebenes Knirschen begleitet diese Bewegungen. Posing ist das richtige Wort dafür. Auf dem mächtigen Kopf, dem gebuckelten Rücken und den starken Schultern und Oberschenkeln wird das Reiben schmatzender. Alle Quader sind in Bewegung, trainiert, geschmeidig. Kein Stein mehr ist nur für sich, alles scheint organischer Bestandteil einer riesigen Muskulatur zu werden.

Völlig unfähig wegzurennen, steht Charlotte komplett erstarrt. Ihre Füße sind auf dem klebrigen Boden festgewachsen. Ihr Atem geht schwer. Aus dem trockenen Mund dringt kein Laut mehr. Ihr Gehirn unter der Schädeldecke fühlt sich angespannt und verdörrt an. Wie eine getrocknete Walnuss. Mit Entsetzen spürt sie ein Ziehen um den Bauchnabel. Ein Ziehen, welches sie unwiderruflich zur Eingangsschleuse hinzieht. Ihr Blick, verengt auf den riesigen dunklen Muskelberg, blendet das Sonnenlicht aus. Sogar der Himmel scheint sich verdunkelt zu haben. Ihr Pulsschlag hämmert wie verrückt. Noch ein bißchen und ihr Hirn ist ganz abgeschaltet.

Die ehedem wunderschönen, glatt geschliffenen schwarzen Monde in den Fensterscheiben richten ihren Blick auf sie. Starr, unbeteiligt.

Ein Knacken und Reißen wie von gesprungenem Glas lässt sie einen Moment in völliger Verzweiflung aufgehen, bevor ihr Gefühl sich ausklickt. Geschmeidig und muskulös wie eine Zunge streckt und rollt sie sich ein. Sie, die Eingangsschleuse, die plötzlich eine gänzlich andere Rolle spielt! Reckt und streckt sich. Macht sich fit für die nächste Übung. Rollt sich ein, schleudert sich verspielt der Länge nach aus und berührt mit der Spitze ihr Bein, zeigt ihr kokett die kleinen, scharfen Widerhaken.

Etwas in Charlotte kreischt im Moment der Erkenntnis.

Eine überdimensionale Zunge! Das Fanginstrument der Frösche und Kröten!

Behäbig lauert die Riesenkröte vor ihrem Opfer. Oh ja, die gewaltige Muskulatur funktioniert wie geschmiert. Sie stemmt sich so nahe vor ihrem Opfer auf den Boden, dass sie den Sprung nicht einmal nötig hat. Die Monde glitzern.

Langsam und selbstbewußt rollt sich die Zunge ein. Ein letztes Mal, bevor sie mit sicherem Schwung ihr Opfer einholt. Charlotte hängt noch nicht ganz an den Widerhaken, als eine Ohnmacht sie vorerst erlöst. Todesgewiß lässt sie alles Bewußtsein fahren. Das ist einfach zuviel.

In der nächsten Sekunde schon watet sie im stinkigen Dunkel in klebrigen Säften. Weil die Schleimfäden sogar an ihren Händen hängen, kann sie sich die Nase noch nicht einmal zuhalten.

Unbändiger Zorn über diese Zumutung überfällt sie, quillt aus ihrem Inneren wie heiße Lava hervor. Ihr Gehirn erwacht. Flammend, lodernd. Glühend vor Zorn. Mordlust. Das einzige Wort, was ihr im Augenblick einfällt. Ich bringe dich um, schreit sie innerlich, ich bringe dich um, du Vieh, du Saustück. Ich will leben, nein, das darfst du nicht, ich habe es nicht erlaubt!

NEIN. Der Entschluß steht fest. Die Frage ist nur: Wie? Wie soll sie ohne Hilfsmittel, ohne Waffen, ohne Telefon, ohne Feuer und ohne Strom aus diesem tödlichen Morast entkommen? In ihrer Not erinnert sie sich an die Legende von Jonas und dem Wal, die ihre Großmutter ihr erzählt hat. Sie würde in dieser Scheißkröte nirgendwohin schwimmen, entkommen könnte jedoch möglich sein.

Vorerst ertastet sie sich einen Sitzplatz. Ihr Lebenswille ist größer als dieser unbändige Ekel, den man keinem Menschen beschreiben kann. Vermutlich würde sie nach der Flucht noch nicht einmal eine Selbsthilfegruppe finden, weil Gleichgesinnte so rar sind. Kraft sammeln und Galgenhumor schöpfen.

Charlotte sitzt ruhig und denkt.

Plötzlich rumpelt und rumort es. Eine Welle ätzenden Saftes überschwappt sie, wirft sie in einen stinkigen Verdauungssee. Das Mistvieh rülpst! So eine Sauerei. Sich abzuwischen hat überhaupt keinen Zweck. Warme Mageninnenhaut berührt ihr Gesicht.

Charlotte kotzt. Und kotzt sich die Seele aus dem Leib. Hintenherum meldet sich etwas anderes an. Egal, Hose runter und die gute Kinderstube vergessen. Das monströse Urviech hat es nicht besser verdient.

Obwohl alles drunter und drüber geht, hat sich Charlotte die Windrichtung des üblen Rülpsers gemerkt. Da ein Aufstoßen niemals auf der anderen Seite entweicht ist ihr fast klar, wo der Ausgang zu suchen ist. Im Schwimmen ist sie sehr geübt, ihr Körper ist trainiert und stark. Naß und dreckig ist sie sowieso. Vom Kraulen weiß sie mit hundertprozentiger Sicherheit, wie sie diszipliniert wann zu atmen hat.

Sie wird die Magensäure dieses Ungetüms auf Trab bringen! Ja, hineinkotzen und sonstwas, egal, Hauptsache, sie überlebt.

Peinlichkeiten gibt es keine, weil niemand zusieht. Noch nicht einmal dieses arschlöchrige Mistvieh hat innen Augen. Einen Scanner übrigens auch nicht. Innerlich kichert sie böse. Verunreinigen wird sie diesen Monstermagen und sich bewegen, so lange herumhüpfen, schwimmen und Krawall machen, bis dieses Vieh, dieses letzte Tier, speien muss. Ja! Und sie wird sich Richtung Zäpfchen durchkämpfen. Dort wird sie den Schlüsselbund mit den langen starken Schlüsseln des Altbaus hervorwühlen und das ekle Zäpfchen malträtieren und quetschen, dass es nur so eine Art hat!

Charlotte tobt und schreit. Mit zusammengebissenen Zähnen schwimmt sie, wann immer möglich ist. Laufen ist Unsinn, auf der glatten Schleimhaut hält kein Schuh. Trommeln mit den Fäusten, Kickboxen. Hin und her! Hier in dieser dunklen, stinkigen Grotte stößt sie laut die schlimmsten Flüche und Verwünschungen ihres gesamten bisherigen Lebens aus.

Aber immerhin, sie hat das Gefühl, voranzukommen.

Ein Lichtschein! Das Vieh hat den Mund offen! Vielleicht hat sie das Glück, tatsächlich mit der nächsten Bewegung nach außen gespült zu werden. Nicht auf der Zunge landen, hämmert sie sich ein, um Gottes Willen nicht auf der Zunge landen! Mit dem nächsten Haps bin ich wieder drin und dann ist es wirklich aus mit mir. Kein zweites Mal kann ich mich zu diesem Kampf aufraffen! Und wirklich das Zäpfchen naht. Im Licht des sich schließenden Krötenmaules baumelt es glatt und glänzend, mit Krötenschleim überzogen, keinen halben Meter vor ihrem Gesicht.

Das Tier wird unruhig. Die Frage ist nur, wie und wo soll sie sich halten, wen sie ihre Schlüsselattacke starten will?

Plötzlich stößt ihr tretender Fuß an etwas sehr Festes. Etwas Hartes. Sie versucht, mit dem Fuß zu tasten, zu erkennen. Das verfressene Vieh hat einen Stein verschluckt! Einen Quader von nicht unerheblicher Größe. Glatt und rutschig zwar, aber eine weit bessere, stabilere Unterlage als ein Hals von innen. So rasch sie kann sucht sich Charlotte die Außenkante, stellt sich mit beiden Füßen drauf und muss prompt den Kopf einziehen, weil Krötenhälse tatsächlich kurz sind. Mit dem einen Arm hält sie die Balance, mit der Hand des anderen wühlt sie fieberhaft in der Hosentasche. Alles glatt und schleimig. Eben noch hat sie den Schlüsselbund in der Hand, im der nächsten Sekunde ist er aus ihren Fingern geflutscht. Fingernägel! Frauen haben doch Fingernägel! Konzentriere dich, konzentriere dich!

Ihre Hand krampft und krallt in der Jeanstasche. Einmal und nochmal. Es gelingt. Unter Überwindung ihres allergrößten Ekels nimmt sie die Schlüssel zwischen die Zähne, trocknet abwechselnd ihre Hände so gut als möglich an der Innenseite ihres T-Shirts, balanciert jetzt nur noch auf den Quaderkanten, stößt, zwickt, hämmert und quält dieses Zäpfchen kraftvoll mit beiden Händen.

Endspurt, sagt sie sich. Nicht auf der Zunge landen. Endspurt, Zunge, Endspurt, Zunge. Das sind die einzigen Worte in ihrem Kopf. Und wirklich, es kommt Bewegung in dieses Vieh. Dieser elenden monströsen Quappe wird schlecht. Speiübel. Charlottes sämtliche Bemühungen in einer Summe führen schließlich zum Erfolg. In Gesellschaft eines gewaltigen Rülpsers wird sie durch den kurzen Hals gewürgt, mit konzentriertem Blick auf die gläserne, widerhakenbewehrte Zunge schwingt sie sich nach rechts weg, weicht aus, landet mit einem schmerzhaften Plumps auf dem Boden und rollt sich weg. Rollt sich weg. Weg, weg, weg.

Charlottes Lippen reißen auf, der gewaltige Schrei eines verwundeten Tieres macht sich den Weg frei. Mit aufgerissenen Augen und schweißnassem Haar sitzt sie im Bett....

Neuigkeiten

Der nächste Morgen beginnt mit wenig Begeisterung. Beim Dröhnen des Wecktons sitzt Charlottte schon wie gerädert auf der Bettkante. Sie fühlt sich zerschlagen und krank, ihr Magen rebelliert jetzt schon gegen das bevorstehende Frühstück. Die Augenlider, rot und geschwollen, signalisieren eine schwierige Nacht. Sie fühlt sich zaghaft an die Stirn. Feuchte Kühle meldet ihr das Gegenteil von Fieber. Und trotzdem. Am liebsten bliebe sie im Bett. Jetzt, wo es draußen hell ist.

Okay, sie hat ihre Traumbilder zurückgerufen und zu Ende gedacht. Neben dem Entsetzlichen bleibt die Deutung übrig, die natürlich für eine Zwölfjährige ganz schön viel und unheimlich schwierig ist. Von ihren Fähigkeiten, die sie im Überlebenskampf entwickelt hat, ist Charlotte begeistert. Über ihren mordsmäßigen Zorn hingegen erschrocken. Nie hätte sie gedacht, dass sie auch s o sein kann.

Sie hat das Gefühl, den langen Tag in der Schule nicht überstehen zu können. Allein die Tatsache, sich erneut quasi über die Zunge durch Maul und Hals in das Innere des Tieres zurückzubegeben, bringt ihre nächtliche Angst und extreme Abneigung zurück.

Es war doch nur ein Traum, sagt sie sich, ein übler Albtraum, wie ihn Menschen halt so träumen. Träume sind Schäume, sagen manche. Dennoch spürt sie ihre persönliche Verbindung und auch ein Stück Unwillen, die Schrecken der Nacht als Nichts abzutun.

Unfähig, wieder einzuschlafen, hat sie den Rest der Zeit bis zum Hellwerden am Morgen mit offenen Augen auf dem Rücken liegend im Bett verbracht. Beim Eindösen kam prompt die Angst wieder hoch. Angst und die Befürchtung, wieder zu träumen. Sie hat keine Ahnung, wie sie die nächsten Tage mit diesen Bildern und dem Ekel leben soll. Irgendwann, das kennt sie von anderen Traumgeschichten, würden sie sich abmildern.

Entschuldigungen von Eltern werden in der Schule schon seit Jahren nicht mehr akzeptiert. Ihre Mutter hätte ihr vielleicht noch eine gegeben. Ein Satz mit x. Bummelanten, Schulschwänzereien und Leistungsverweigerung werden in der Schule nicht geduldet. Vorgeschobene Krankheiten auch nicht. Alles wird untersucht, analysiert und hinterfragt. Wer bei nachgewiesener Täuschung erwischt wird, wird öffentlich ausgehängt. Im Klartext bedeutet das: Die benutzte Strategie wird aufgeschrieben, mit Namen gekennzeichnet und als Lächerlichkeit und Blamage ans schwarze Brett gehängt. Sozusagen als Abschreckung für andere, die glauben, die Schule an der Nase herumführen zu können.

Wie peinlich. Sie liest den Text vor ihrem geistigen Auge:

Charlotte Fritz, 12 Jahre, hat am 21. Mai 2035 versucht, einen schlimmen Traum als Argument für Leistungsverweigerung zu benutzen und wollte sich an diesem Tag vom schulärztlichen Dienst krankschreiben lassen. Strategie ungeeignet.

Nein, unmöglich. Charlotte stöhnt, erhebt sich vollständig aus dem Bett, damit dieser lästige Weckton endlich vorübergehend seinen Geist aufgibt, stellt sich mit wackeligen Knien neben den Türrahmen, klatscht ab, zieht sich an und geht aus dem Haus. Soll sie doch ruhig umfallen. Dann werden die anderen sehen. Allerdings ist sie nicht sicher, ob es überhaupt ratsam sein kann, über diesen Traum zu sprechen.

Im Shuttle setzt sie sich leise neben Paul, der heute auch abwesend zum Fenster hinausstarrt. Ich muss in der Pause mit dir reden, ist alles, was er zu ihr sagt. Für das gemeinsame Schweigen ist sie heute dankbar. Gibt es ihr doch ein wenig Ruhe, über sich und ihr weiteres Vorgehen nachzudenken. Ein uralter Oldtimer, den ihre Großmutter vor einigen Wochen bei der Gartenarbeit gesungen hat, geht ihr nicht mehr aus dem Sinn. Irgend etwas mit Spuren im Sand. Eine gefällige, lahme Melodie und ein nichtssagender Text. Aber ja, Spuren im Sand. Allein die Formulierung weckt in ihr ein Gefühl von Heimweh. Spuren...Ihre Spuren sollen es sein. Jawohl, sie wird sich selbst auf der Spur bleiben und schauen, wie der Traum und das wirkliche Leben am Tage zusammenpassen.

Beim Einchecken drückt sie sich leicht an Paul, der das trotz seiner Abwesenheit offenbar geschmeichelt wahrnimmt. Ein kurzes Lächeln gleitet über seine Züge, das blitzschnelle Aufleuchten seiner Augen sieht sie nicht. Ihre Blicke schweifen vorsichtig über das reglose Monstrum. Flüchtig nimmt sie aufgestellte Container und beginnende Bauarbeiten an den Nebengebäuden wahr. In ihrer Pupille spiegelt sich die steinerne Riesenquappe, die hinterlistig so tut, als sei nichts gewesen.

Was ihre Großmutter wohl dazu sagen würde? Oma ist resolut und humorvoll, kraftvoll und manchmal recht störrisch. Sie hätte dem Geschehen nicht so ohne weiteres nachgegeben, sondern versucht, sich dagegenzusetzen. Während der Sicherheitsmann teilnahmslos und doch aufmerksam scannt beschließt sie, ihre Großmutter anzurufen. Nachzuhören, ob sie nicht am Sonntag hinfahren und sich dort ein wenig erholen kann. Mit ihr sprechen kann. Oma gehört zu den Leuten, denen man bedenkenlos ein Geheimnis anvertrauen kann. Sie hätte Verständnis.

Abwesend, mit einem Kloß im Bauch kauert Charlotte im Unterricht vor ihrem Rechner. Unter der hohen hellen Decke kommt sie sich erst recht klein vor. Alle Fensterflügel sind weit geöffnet, um frische Luft in die Räume zu lassen. 30 Kinder sitzen versetzt an ihren Arbeitsplätzen. Keiner spricht. Die Rechner summen leise. Blicke durch den Klassenraum streifen zu lassen, hat nicht ganz so viel Zweck. Außer den vorgebeugten Köpfen ihrer Mitschülerinnen und Mitschülern, die aus den weiten ÜbadrüSchs hervorgucken, dem Mobiliar, den Installationen für die videogesteuerte Raumüberwachung und der Lehrkraft, die mit hinter dem Rücken verschränkten Armen durch die Reihen wandert, sieht sie kaum etwas. Lernen soll durch möglichst wenige Reize unterbrochen werden. Die Wände sind nackt. Aus dem Augenwinkel erhascht sie einen Blick auf Paul, dessen dunkle Locken stürmisch in alle Richtungen rollen. Mit gerunzelten Brauen starrt er auf seinen Bildschirm. Ab und zu klickt die Maus fast unhörbar. Vergeblich versucht Charlotte, sich auf ihren Wortschatztest in Englisch und den Text, der noch zu übersetzen ist, zu konzentrieren.

Nichts geht voran. Quappe, Gestank, Monster, Arschloch, warte ich zeige es dir, murmelt sie leise vor sich hin. Die Reihenfolge gefällt ihr. Wie ein Mantra flüstert sie sich die Worte zu und versucht, sie nach einer Weile ins Englische zu übersetzen. Tadpole, stink, giant, ass hole, you are waiting - I will show you my ass hole. Geht doch. Sie kichert. Ein paar Runden davon und sie ist in ihrem Englischtest drin.

In der Pause zieht Paul sie zur Seite. Sein blaues und sein braunes Auge, die sonst zusammen so spöttisch funkeln können, starren sie heute streng an. "Hast du schon Nachrichten gelesen?" fragt er sie. "Wann denn das bitte? Meinst du, ich habe früh am Morgen nichts anders zu tun?" Nach dem ungeliebten Test eben hat Charlotte das Gefühl, noch einen Auftrag erhalten zu haben. Sie fühlt sich zerschlagen und erschöpft, ist wegen Pauls Unruhe jedoch neugierig und will den Freund nicht verletzen. "Also, sag' schon, ist etwas passiert? Kriegen wir neue Schulkleidung oder hat sich der Streithammel endgültig überfressen? "Sie stemmt die Hände in die Hüften und lehnt sich leicht zurück, um dem schlaksigen Kerl mit den auffälligen Sommersprossen ins Gesicht schauen zu können. Auf seiner Oberlippe bemerkt sie einen zarten dunklen Flaum, wie frisch gewaschenes Mäusehaar. Ah ja, deswegen ist er in jüngster Zeit oft so heiser und brummig.

Paul, der den Blick bemerkt hat, grinst. Selbstverständlich schaut er jeden Morgen in den Spiegel, um im rechten Moment bereit zu sein. Der Akku für den Rasierer ist aufgeladen, demnächst wird er stolz zur Tat schreiten, um seinen Freunden angeberisch von der ersten Rasur zu berichten.

Vorerst jedoch kneift Charlotte von der Sonne geblendet die Augen zusammen. "Also pass' auf" raunt Paul. "Ich bin gerne informiert. Das weißt du ja." Charlotte nickt. "Und weiter?" Pauls bedächtiger Tonfall geht ihr heute leicht auf den Keks. "Es könnte sich um Nachrichten handeln, die uns alle angehen. Ich bin mir nur noch nicht sicher, wie." Er zuckt mit den Schultern und dreht die Handteller nach oben. "Morgens vor dem Aufstehen schalte ich mein Laptop ein. Naja, manchmal höre ich Musik, aber Nachrichten aus aller Welt lese ich immer. Da war so eine Rubrik zum Thema 'Schulen bewirtschaften sich selbst'. Wir nehmen doch gerade in Gesellschaftslehre Schulsysteme durch und das Foto hat mich an unseren Bau erinnert". Mit dem Daumen der rechten Hand deutet er lässig hinter sich.

Charlotte hat mittlerweile die Hände in die Hosentaschen gesteckt und steht ganz ruhig. Mit Hektik ist bei Paul nichts zu machen. Er dreht sich einfach um und geht. Früher schon. Er lässt sich, wie er selbst von sich gibt, nicht gerne antreiben. Die Zeit der Sklaventreiber ist vorbei, feixt er gewöhnlich. Damit keine Mißverständnisse aufkommen, fügt er stets hinzu, er arbeite auch auf keiner Galeere.

Paul fährt sich durch die Locken. Seine Denkergeste, die in den letzten Monaten entstanden ist. "Ich bin auf jeden Fall neugierig geworden. Lese etwas von dringenden Neuanschaffungen, gestiegenen Personalkosten, auch durch die Sicherheitsdienste, die sie ja zusätzlich nachts einsetzen, von einem Börsencrash und staatlichen Geldern, die dort wohl abgefratzt sind. So ganz genau habe ich es nicht verstanden.

Unsere Bildungsministerien können wohl insgesamt die gestiegenen Kosten für unsere Bildung nicht mehr aufbringen, die Finanzplaner, äh Finanzminister, haben sich verkalkuliert oder was weiß ich was", sein Ton wird ausnahmsweise doch etwas aufgeregter, seine Stimme, sonst klar wie Kristallwasser, wird rauh und gleichzeitig piepsig. Gleich wird der Mahnton das Ende der Pause einläuten, für Peinlichkeiten ist jetzt weder der richtige Ort noch der richtige Zeitpunkt.

"Es hat sich fast so angehört, als hätten sie die Schule an der Börse verspekuliert!" Charlottes Augen reißen weit auf und scheinen zu fragen, ob er wohl spinne oder das alles wirklich wahr sein könne."Oh hä, schlechter Scherz!" Paul grinst breit. "Aber jetzt zu den Tatsachen beziehungsweise zu dem, was ich verstanden habe. Die Knete ist alle. Unsere Schulen sind budgetiert und finanzieren sich, bis auf die Personalkosten, selbst." Er winkt ab. "Vor einigen Tagen habe ich das gerade im Netz recheriert. War also nichts echt neues. Also, die Kohle ist weg, in andere Kanäle geflossen, verspielt oder sonstwas. Die Schulen müssen sich jetzt durch Eigeninitiative" dieses Wort buchstabiert er fast, weil Fremdwörter nicht zu seinem liebsten Hobby gehören, "neues Geld erwirtschaften. Lehrkräfte können sie keine entlassen. Von den Sicherheitsmännern auch keinen, sonst könnten wir Waffen und Drogen in die Schule einschmuggeln und den Aufstand proben. Eigentlich haben wir nichts, was sie uns wegnehmen könnten. Die Schulkamotten", er zupft demonstrativ an den weiten Beinen seinen langen Hose," sind auch nicht viel wert. Außerdem bezahlen sie unsere Eltern, weil sie dadurch echte Klamotten sparen können. Ich habe gehört, unsere Bibliotheken und Forschungseinrichtungen sind unantastbar...."

"Pauul" Charlotte drängt nun doch ein wenig. Schließlich hat sie kapiert, dass etwas im Gange sein muss und will es endlich erfahren. Konkret. Der Mahnton läuft sich gerade warm, wird in Intervallen gleich immer lauter werden. "Also" hastig spricht Paul seinen Satz zuende "man will Eltern sensationelle Angebote machen und dafür werben. Leider habe ich keine Ahnung, um was es geht. Was man unseren Eltern verkaufen will. Übermorgen ist eine Versammlung im Bürgerhaus, zu der die Eltern eingeladen sind. Komisch nur, dass hier niemand etwas davon weiß. Sonst machen sie wegen jeder Kleinigkeit einen Aushang."

Der Mahnton schwillt an. Leonardo, blaß, schmal und blond obwohl seine Eltern aus Italien kommen, steht plötzlich neben ihnen. Charlotte und Paul waren so in ihr Gespräch vertieft, dass sie jetzt beim besten Willen keine Ahnung haben, wo er herkommt oder wie lange er da schon gestanden hat. Bevor sie ihn ansprechen können, hebt er schon zaghaft und freundlich seine Hand. "Bitte entschuldigt die Störung," seine schüchterne Stimme hat schwer gegen den Mahnton anzukämpfen. Er beugt sich nahe zu ihnen, damit er in ihre Ohren sprechen kann. Alles nicht so einfach bei diesem Krach. "Ich habe euer Gespräch unabsichtlich mitgehört, weil ich in dieser Nische hier gestanden bin und nicht mehr rauskonnte. Ihr habt davorgestanden". Tatsächlich, Charlotte und Paul hatten sich in Richtung Essenstrakt zurückgezogen und dort den engen Durchgang zwischen Vorratsraum und Kühlhaus versperrt. Beide verdrehen unwillkürlich ihre Augen und sehen sich mit einem bestimmten Blick an. Leisetreter, sagt der.

„Mein Vater", sagt Leonardo, "ist im Stadtrat. Wenn ihr die Wahrheit wissen wollt, müßt ihr tatsächlich hingehen. Ich habe so ein komisches Gefühl." Er lächelt die beiden an und hastet dann zurück in den Klassenraum. Zwei Sitzreihen vor Charlotte leuchtet schon sein blonder Schopf, als sie sich auf ihren Platz setzt.

Frau Knopp ist nicht so

Zwei Unterrichtseinheiten später, nach der Mittagspause, schlägt das Schicksal zu. Was Charlotte sich als einen der möglichen Gipfel an Peinlichkeiten vorstellt, geschieht einfach. "Charlotte Fritz - bitte ins Schulsekretariat. Charlotte Fritz bitte umgehend ins Schulsekretariat". Diese Durchsage ist laut und glasklar, unmißverständlich in ihrer Aussage zu hören. Charlotte guckt an sich herunter. Kaum zu glauben, dass sie gemeint ist.

Frau Knopps gepflegte akzentlose Stimme ist nicht wegzuleugnen. Charlottes Mitschüler drehen sich um. Manche neugierig, andere hämisch, Paul fragend und Leonardo nicht. Dazu ist er zu höflich. Achselzuckend steht sie auf und begegnet dem erstaunten Blick Herrn Patels, dem indischen Lehrer, der sie in internationalen religiösen Bräuchen und Beziehungen unterrichtet. Pandit Patel, seines Zeichens ein ruhiger, sanfter Mensch mit melodischer Stimme, der seine schmale trainierte Gestalt allmorgendlich in den schwarzen Lehreranzug schlüpfen lässt, ist von Charlotte alles andere als Aufmüpfigkeit oder Unregelmäßigkeit gewöhnt.

Er zieht seine linke dünne schwarze Augenbraue fragend hoch. Unter seinen matt schimmernden braunen Wangen zeichnet sich aufsteigende Röte ab, seine Halsschlagader klopft. Rektor von Schreyhammer würde ihn sicherlich bei der bevorstehenden Konferenz fragen, ob er seine Klasse nicht im Griff hat, wenn jemand herausgerufen wird. Es fehlt nicht viel und seine dünne, randlose Brille mit dem knallroten Gestell beschlägt.

Charlotte steht schon neben ihrem Arbeitsplatz. "Ich habe keine Ahnung, es wird sich sicherlich alles aufklären. Bald, demnächst, sofort meine ich!" Sie stottert fast, was auch nicht zu ihren üblichen Gepflogenheiten gehört. "Ich bitte um Entschuldigung", sagt sie leise und höflich, verbeugt sich kurz und verlässt den Raum mit kleinen schnellen Schritten.

Im Korridor angekommen muss sie sogar noch zur überall aushängenden Raumübersicht laufen, weil sie keine Ahnung hat, in welchem Teil des Hauses Frau Knopp zu finden ist.

Über fast alle Lehrkräfte wird im Geheimen gelästert und geflucht. Über Frau Knopp seltsamerweise nicht. Manche werden gemocht und gelobt. Über Frau Knopp hört man fast nichts. Alle die hin mußten und die wenigen, die Charlotte davon kennt, hatten vor dem Zusammentreffen echt Schiß. Manche gingen gebeugt aus dem Raum, andere mit flotten Sprüchen oder pfeifend. Zurück kamen sie schweigend. Nicht niedergedrückt oder verzweifelt. Einfach nur still.

Frau Knopp ist das, was die Erwachsenen 'eine Institution' nennen. Eine Person, die fast schon zum Inventar der Schule gehört, weil sie schon unzählige Jahre dort arbeitet. Eine Frau mit direktem Kontakt zum Rektor und noch näherem Bezug zu den Schülerakten, die im Zentralrechner der Schulverwaltung eingespeist sind. Irgendjemand aus den höheren Klassen glaubte herausgefunden zu haben, dass sogar die Unterlagen der Lehrkräfte ihrem Einblick nicht entgehen. Wenn also überhaupt ein Mensch in diesem Haus Zugang zu allen Geheimnissen und privaten Daten hat, dann Frau Knopp. Eine Frau mit Einfluß.

Charlotte kennt sie vom Sehen. Elsie Knopp war im Prinzip schon immer eine ältere, schlanke, sehr gepflegte Dame mit stets schwarz gefärbtem Haar, so schwarz, dass jeder erahnen kann, wie sie in ihrer Jugend ausgesehen haben mag. Der Farbton paßt so gut zu ihr, dass man auf den ersten Blick an der Echtheit nicht zweifelt. Nie sieht man Silberfäden, nie eine weiße Strähne, obwohl Frau Knopp nahe der siebzig ist.

Frau Knopp achtet also sehr auf ihren Haaransatz. Meist steckt ihr robuster Körper im weinroten Kostüm der Verwaltungskraft. Sie soll kompetent und gepflegt aussehen, nimmt alle Besucher - Eltern,

Lehrer, Minister, Stadträte und auch Elternbeiräte - in Empfang und steuert die Vorgänge so, wie es gewünscht wird. Konsequent, höflich, unauffällig. Und unnachgiebig.

Ihr Körper bewegt sich rasch und geschmeidig, manchmal wie eine junge Frau. Ihre blauen Augen blitzen hinter der Hornbrille hervor, ihr roter Lippenstift - sie ist die einzige Frau in der Schule, die selbstbewußt einen benutzt - unterstützt die wache Lebendigkeit ihres Gesichts und entläßt die ausdrücklich deutlich gesprochenen Worte ihrer akzentlosen Stimme ins Ohr ihres Gegenübers. Zu dem leider dann doch immer wieder besagte Mitschüler gehören.

Gerüchte und Getratsch gibt es über sie nicht. Ob sie vielleicht die 'flotte Biene' des Rektors ist? Angesichts ihres Alters eher unwahrscheinlich. Zumindest für Schülervorstellungen. Aber man weiß ja nie.

Charlotte ist das völlig egal. Kann sie sich doch eh kaum vorstellen, dass der vollgefressene Streithammel eine Freundin haben soll. Sie hat sich orientiert und stapft den Flur entlang. Hohe Fenster lassen Licht in die sauberen und doch staubig wirkenden Flure. Die Türen der Klassenzimmer sind fest verschlossen. Hohe hölzerne, schwere Türen mit massiven Klinken. Aus dem Musikzimmer dringen die übenden Stimmen des gemischten Chores. Ansonsten hört man nichts.

Charlotte verharrt einen Moment. Aus Sopran, Alt, Tenor und Baß erkennt sie, was aus den Einzelteilen später einmal werden soll. Beinahe wäre sie auf einem Blatt Papier ausgerutscht. Sie dreht sich spähend um, bückt sich rasch und hebt es auf. Beim flüchtigen Lesen entspannt sich ihr Gesicht zu einem Lächeln. Irgendein anonymer Witzbold hat Händels 'Großes Hallelujah', an dem drinnen emsig geübt wird, mit einem Kinderreim zusammengebracht.

Schnell reißt sie das Papier in kleine Fitzelchen und wirft sie weg.

Beim Weitergehen hört sie über den Schulhof und den botanischen Schaugarten hektische Arbeitsgeräusche aus dem Küchentrakt. Ihr morgendliches Gefühl der Übelkeit steigt postwendend wieder auf.

Jetzt noch schnell die lange steile Treppe mit den ausgetretenen Steinstufen runter, an den Fotos vergangener Generationen von Rektorinnen und Rektoren vorbei - für Ahnengalerien hat sie augenblicklich kein Verständnis - und dann gleich scharf links um die Ecke. Ups, um ein Haar wäre sie vorbeigelaufen. Da, ein Schild, unübersehbar in Augenhöhe: Elsie Knopp, Schulsekretariat. Charlotte klopft an und erwartet das Herein.

Im nächsten Augenblick jedoch wird die Tür schwungvoll und exakt im rechten Winkel aufgerissen. Frau Knopp steht in voller Körpergröße vor ihr, fixiert sie mit strengen blauen Augen."Du musst Charlotte Fritz sein!", sie reicht ihr die trockene Hand und drückt angenehm fest Charlottes vor Aufregung feucht gewordene Finger. "Mein Name ist Knopp. Nicht Knopf, sondern Knopp. Ich bin die Schulsekretärin. Tritt ein".

Frau Knopp öffnet die Tür komplett und bittet Charlotte mit einladender Handbewegung ins Zimmer. Ihre Stimme ist dunkler und voller, als es über die Durchsagen den Anschein hat. Und wirklich, auch ihr Haaransatz glänzt pechrabenschwarz. Nichts überlässt sie dem stressigen Alltag oder dem Zufall. Angenehmer Duft umgibt ihre Gestalt. Charlotte schnuppert. Hmm, nicht schlecht. Angenehm. Sie selbst kommt sich in ihrem lapprigen hellblauen ÜbadrüSch unsauber und schlampig vor. Mit hängendem Oberkörper steht sie ratlos im Raum, lässt blitzschnell ihre Augen herumsausen.

Schwere alte Holzmöbel stehen hier herum, dunkel gebeizte Eiche oder so etwas hätte ihr verstorbener Großvater gesagt. Ein ebenso dunkles mannshohes Regal, vollgestopft mit Büchern und Folianten, die nicht unangenehm einen ganz zarten Hauch von Kellerduft ausströmen. Große schwere Bilder mit kunstvollen hölzernen Rahmen bedecken die Wände. Charlotte erkennt Öl auf Leinwand. Echte Werke also. Landschaftsmotive, Tiere, Gesichter. Unter dem Fenster steht ein nahezu unglaublicher Schreibtisch mit einer enormen Tischplatte und gedrechselten Beinen. Dichte, bodenlange rote Volants umrahmen die

Fenster, auf deren breiten Fensterbänken nicht nur Zimmerpflanzen stehen, sondern offensichtlich auch noch Kresse gezogen wird. Charlottes Rücken strafft sich unwillkürlich.

Hinter dem Schreibtisch steht zurückgerollt ein lederner Schreibtischstuhl, der Rechner summt leise, in einem zierlichen Väschen steckt eine tieforangefarbene Rose. Wie der Sonnenuntergang! Charlotte beginnt fast, sich wohl zu fühlen.

Beim Aufatmen begegnet sie Elsie Knopps starren blauen Pupillen. Frau Knopp hat die ganze Zeit über keinen Mucks von sich gegeben, Charlotte hatte sie glatt vergessen. Erschrocken und schuldbewußt fährt sie zusammen.

„Setze dich". Den Befehl begleitet eine unmißverständliche, energische Handbewegung. Mit der anderen Hand rückt Frau Knopp den gepolsterten Stuhl am antiken, kleinen Besuchertisch zurecht. Charlotte setzt sich nieder und hängt mit der Nase fast in den bunten Sommerblumen, die hübsch dekoriert in der bauchigen Porzellanvase auf der glänzenden Tischplatte stehen. Der Scanner am Türrahmen fällt kaum auf.

Elsie Knopp, die weitaus größer ist, als Charlotte sie sich vorgestellt hatte, setzt sich auch hin. Schwungvoll und elegant. Routiniert dreht sie den kleinen Monitor, den das Mädchen jetzt erst bemerkt, zu sich heran. Mit ruhigem Blick und ausdruckslosem Gesicht lehnt sich die Schulsekretärin in ihrem Stuhl zurück. Man spürt förmlich, wie selbstbewußt und sicher sie sich fühlt.

„Du warst heute nicht beim Mittagessen?" eröffnet sie ihre Rede, schaut Charlotte dabei direkt an. "Meine Aufzeichnungen ergeben deine biometrischen Werte von heute morgen, die Art der Mahlzeit, die deswegen für dich zubereitet und bereit gestellt wurde und die du innerhalb der vorgesehenen Essenszeit nicht abgerufen hast."

Mittagessen?!? Völlig überrumpelt und entgeistert stellt Charlotte fest, dass sie das Essen total und komplett vergessen hat. Sie hatte den ganzen Tag Mühe, sich überhaupt zu konzentrieren und auf den

Beinen zu halten. Und dann noch die Übelkeit! Allein der Gedanke an Essen hätte sie fast gewürgt. Mit aufgerissenen, erschrockenen Augen und heruntergefallener Kinnlade sitzt sie, zusammengesunken im hellblauen ÜbadrüSch in ihrem Stuhl und kommt sich bescheuert vor. In ihrem Gehirn herrscht Ebbe. Ziemliche Leere. Es fällt ihr kein, aber auch überhaupt kein sinnvolles Wort ein.

„Nun?" Elsie Knopp hakt nach. "Als Schülerin unserer Schule hast du eine Verpflichtung, an den angebotenen Unterrichtseinheiten engagiert teilzunehmen und gute Leistungen zu produzieren. Was du in der Vergangenheit, wie ich hier sehen kann" zwischendurch hackt sie Befehle in die Tastatur, "auch getan hast. Zu guten Leistungen gehört Gesundheit, zur Gesundheit das richtige Essen."

„Äh, das stimmt". Mehr bringt das Mädchen nicht heraus.

„Ich habe den Eindruck, du weißt nicht, was du jetzt sagen sollst?" Frau Knopp lässt nicht locker. Charlottes blondes langes Haar hängt durch den Streß strähnig an ihr herab, einige wenige Fransen fallen in ihre Stirn. Aufgeregt kratzt sie sich nachdenklich im Nacken. Ihre Augenlider röten sich leicht. Sie merkt förmlich, wie diese anschwellen. Ein bißchen noch, und ich heule wie ein Schloßhund. Erst dieser beschissene Traum und jetzt das noch! "Gib' mir mal deine Hand". Elsie Knopp beugt sich etwas vor und birgt Charlottes feuchte kleine Hand in ihren großen gepflegten, trockenen Händen mit den manikürten Nägeln.

Eine Woge des angenehmen Duftes weht zu ihr herüber. "Was ist los? Bist du krank? Soll ich einen Arzt verständigen und dich ins Krankenzimmer bringen lassen?" Charlotte schüttelt stumm den Kopf. Nein, krank im üblichen Sinne ist sie nicht. Sie ist sich nicht schlüssig, ob sie Frau Knopps Fragen für echte Anteilnahme oder einen Trick halten soll. "Hast du zu lange gefeiert, bist du vielleicht deswegen zu spät ins Bett gekommen, hast du irgendetwas eingenommen?" Nein, bloß das nicht!

Frau Knopps Kostüm knistert leise bei jeder Bewegung. Charlotte schaut sie stumm an und überlegt, was sie sagen soll. Ausgerechnet Frau

Knopp ist nicht diejenige, der sie von ihrem Traum erzählen kann. Das muss warten, bis ihre Großmutter am Wochenende Zeit hat.

„Entspanne dich. Möchtest du etwas trinken? Vielleicht ein Glas Wasser?" Frau Knopps Stimme unter den prüfenden Augen klingt tatsächlich freundlich. Charlotte nickt dankbar. Nimmt ihr Glas zittrig entgegen, trinkt mit großen, lauten Schlucken.

„Was passiert eigentlich, wenn jemand sein Essen nicht abgeholt hat?" Mit bebender Stimme haucht Charlotte diese Frage heraus. "Ich meine, ich konnte eigentlich nichts dafür. Ich habe es vergessen." Frau Knopps Augen verengen sich zu Schlitzen. "Nun, man geht allgemein davon aus, dass gesunde Menschen Hunger haben und allein deshalb schon oft die Essenszeiten nicht erwarten können. Oft sind ihnen sogar noch die Portionen zu klein und sie verlangen Nachschlag." Akzentlos und gleichmäßig ruhig träufeln sich die Worte in Charlottes Ohren. Sie hat, obwohl sie die Schulregeln kennt, tatsächlich keine Ahnung, ob sie jetzt bestraft wird oder nicht. Bis heute, bis genau zu diesem Moment, hatte sie mit derlei Dingen nichts am Hut. Wollte sie auch nicht. Weshalb sollte sie sich bei ihrem vollen Programm auch noch mit so etwas beschäftigen.

Ihre Fußsohlen beginnen fürchterlich zu jucken. Unauffällig versucht sie, ihre Schuhsohlen aneinander zu reiben. Wäre sie jetzt allein in ihrem Zimmer, zöge sie die Dinger aus, knalle sie unter das Bett, die Socken hinterher und dann würde sie sich mit ihren halblangen, scharfen Fingernägeln genüßlich kratzen. Oh, welche Wohltat. Statt dessen sitzt sie hier in dieser ungenauen Situation und weiß nicht so recht, wohin mit sich. Ein leises Ach! flüchtet aus ihrem Mund.

Elsie Knopps Mundwinkel zucken leicht. Nicht dass sie lächeln würde, nein, das nicht. Das Mädchen sitzt mit krummem Rücken, in sich verkrampften Händen und sich eilig reibenden Füßen mit zusammengepreßten Lippen im Besucherstuhl. Nach dem, was sie heute Nacht erst in ihrem Traum erlebt hat, fällt ihr das Nachdenken nicht gerade leicht.

„Was meinst du, was jetzt geschehen soll?" Die ruhige Stimme reißt sie aus ihrem Tagtraum heraus. Nun, ich mache Rambazamba, quetsche dir das Zäpfchen, du speist mich aus und ich bin frei.....Beinahe hätte Charlotte gequatscht. Mach' bloß keinen Fehler jetzt, mach' bloß keinen Fehler jetzt! ermahnt sie sich innerlich. Zeige ihr, dass du ein intelligenter Mensch bist, der sich bemüht alles richtig zu machen.

„Also", sie knetet beim Sprechen ihre Finger, "ich weiß, dass wir uns regelmäßig und gesund ernähren sollen, damit wir auch von dieser Seite aus in der Lage sind, uns zu konzentrieren. Vor allen Dingen ist es, soweit ich weiß, etwas, das sich Gesundheitsvorsorge nennt. Wir werden, wenn wir krank sind, zu teuer. Und unsere Eltern bezahlen einen Teil fürs Essen und müssen sicher sein, dass nichts vergeudet wird". Sie holt tief Luft, runzelt die Stirn unter ihren blonden Fransen und überlegt.

"Wenn jemand mit Absicht sein Essen schwänzt, das habe ich gelesen, dann ist das Saboteure, nein Sabotage am System". Sie reibt sich die Augen. Ihre Lider sind immer noch geschwollen und rot. Sie gähnt laut."Verzeihung, Frau Knopp, ich wollte nicht unhöflich sein". Leise und erschöpft denkt sie laut weiter. "Diejenigen, die Sabotage machen oder nachweislich dazu anstiften kriegen einen Vermerk in ihre Schulakte und das Vorkommnis wird öffentlich ausgehängt. Damit jeder sieht wie blöd man war, sich erwischen zu lassen". Scheiße Mann, denkt sie erschrocken. Es hätte heißen müssen: Wie blöd man war, diese Tat zu begehen. Egal, zu spät, Verratzt, abgekratzt.

Hohe, abgehackte Töne erschrecken sie bis ins Mark. Ein Stakkato schriller Kreischer, mal höher, mal tiefer fliegt ihr wie hundert Brummer um die Ohren. Charlotte wundert sich, sie hat den Papagei überhaupt nicht gesehen und gar nicht gewußt, dass es möglich ist, im Schulgebäude während der Arbeit ein Tier zu halten. Ein Klatschen wie eine überlaute Ohrfeige lässt sie überrascht die Wangen nach innen ziehen. Kaum zu glauben. Elsie Knopp lacht. Sie haut sich auf die kostümierten Oberschenkel und lacht, bis ihr die Tränen kommen. "Nicht schlecht", japst sie, "wahrlich nicht schlecht!" Energisch schneuzt sie vor der verdutzten Charlotte die Nase, kichert immer noch vor sich hin. Das Mädchen spürt ein unsicheres Gefühl der Erleichterung aufkeimen.

Elsie Knopp schwingt sich mit Schwung aus ihrem Stuhl, entsorgt das Tempo in den kleinen Abfallcontainer, wäscht sich die Hände, zupft ihren Rock zurecht und setzt sich wieder hin. Ihre Gesichtszüge sind deutlich weicher geworden, blaue Augen lächeln Charlotte durch die Hornbrille freundlich an. "Also Mädchen", sie hüstelt leise, "mit deinen Ausführungen hast du soweit Recht. Man kann zu diesen Regeln stehen wie man will, sie sind so und damit basta. Was den Umgang mit Geld und Kosten betrifft, hat man keine Chancen. Deine Eltern werden schriftlich benachrichtigt. Schließlich haben sie mit der Schule einen Vetrag geschlossen, den beide Seiten erfüllen müssen. Hier wird alles gescannt, damit uns kein Fehler unterläuft und wir eine lückenlose Kontrolle haben. Niemand darf das System unterlaufen. Das wäre sehr gefährlich. Für das System und die Menschen. Du verstehst?" Charlotte sieht sie offen an, ihr Gesicht ist durch die Anstrengung schutzlos und nackt. Man kann ihr beinahe bis ins Herz sehen. Frau Knopp mit ihrem scharfen Blick hat das offensichtlich getan und nutzt die Situation voll aus.

Ihre Stimme wird weicher. "Für Kinder ist das, glaube ich, manchmal etwas viel", mit vorsichtigem Tonfall wägt sie ihre Worte. "Ich habe den Eindruck, ihr werdet zu Vorsicht und Achtsamkeit und zu einer bestimmten Art von Kontrolle angehalten. Nicht gerade zu Vertrauen". Ihr Gesicht fragt deutlich, ist das so? Charlotte nickt langsam. "Hast du Vertrauen zu Menschen?" Charlotte nickt wieder. "Zu wem am meisten?" Frau Knopp lässt nicht locker. Das Telefon auf dem riesigen Schreibtisch klingelt. Frau Knopp steht kurz auf, schaltet das Gerät aus. Peng. Einfach so. "Zu meiner Oma". Knarzig und kratzig kommt die Antwort. Frau Knopps schlanke Finger hacken Kommandos in die Tastatur.

"Aha", ein schnelles Lächeln, so schnell, dass man es mit dem Blick nicht mehr einholen kann, huscht über ihre Züge. "Cordula Fritz, 75 Jahre alt, geboren 1960 in Frankfurt, heute in Rente, früher studierte Pädagogin, zeitlebens ohne Unterbrechung berufstätig. Verwitwet. Stimmt das? Natürlich stimmt das". Zufrieden dreht Frau Knopp den Monitor wieder zurück. "Wie nennt sie dich?" Diese Frage kommt unvermittelt. "Lotta." Charlotte antwortet wie aus der Pistole geschossen, ihr kleines Gesicht leuchtet von innen heraus.

Frau Knopp betrachtet sie. "So, Lotta", nachdenklich summt sie die beiden Worte. Beugt sich mit ihrem Wohlgeruch fast ganz über den Tisch und starrt dem Kind in die Augen. "So Mädchen, und jetzt unter uns. Du siehst furchtbar aus. Was ist geschehen? Und bitte, ich möchte die Wahrheit wissen. Sonst nichts". Pause. "Lotta". Sie wartet. Entspannt zurückgelehnt, die Hände über den Bauch gefaltet.

"Also", Charlotte sammelt langsam ihre Worte, "Sie müssen wissen, ich habe tatsächlich nicht absichtlich das Essen geschwänzt und all diese Dinge getan. Ich habe nachts", bei der Erinnerung daran schüttelt sich ihr Oberkörper, "einen fürchterlichen Traum geträumt".

Ihre blauen Augen treffen sich mit denen Frau Knopps, die konzentriert und aufmerksam zuhört, jede Regung des Mädchens in sich aufnimmt. Bestimmt fährt sie fort. "Einen sehr persönlichen Traum, über den ich nicht sprechen kann. Allerhöchstens mit meiner Großmutter, die ich am Wochenende treffen will. Wenn sie Zeit hat". Ihre Stimme wird lebendiger, die Hände gestikulieren. "Ich hatte schreckliche Angst und habe mich fast kaputt geekelt. Mir war übel und ich wollte auf jeden Fall nicht mehr einschlafen. Alles, was mich an Essen erinnert hat, den ganzen Tag über, hat dafür gesorgt, daß mir immer wieder schlecht wurde".

Ihre Hände reiben über das ganze verschwitzte Gesicht. Rauf und runter. Sie fährt fort: "Ich war heute morgen unausgeschlafen und mit den Nerven echt fertig. Weil ich nicht richtig krank war, bin ich nicht zum Arzt gegangen. Ehrlich gesagt, hätte ich mich von dem auch nicht ausquetschen lassen wollen". Mutiger geworden spricht sie flüssig weiter. Das quälende Jucken beider Füße hat, fast ohne daß sie es gemerkt hat, aufgehört. "Aushängen wollte ich natürlich auch nicht. Mit meinen Eltern konnte ich nicht sprechen, die waren schon weg. Mein Dad auf der Autobahn und Mami im Home-Office. Die Türe war zu, da darf ich nicht stören". Wie zur Bestätigung ihrer Worte nickt sie vor sich hin. "Aber eigentlich war ich doch krank. Ich wäre lieber im Bett geblieben und hätte mich ausgeruht. Auf den Englisch - Test konnte ich mich auch nicht konzentrieren, nur sehr schlecht. Ich hatte Kopfschmerzen und hätte fast geko-, äh, mich übergeben müssen. Ich habe mir so eine Mühe gegeben, trotzdem alles zu machen. Mein Kopf war voll, unheimlich voll und abgelenkt. Deshalb und wegen der Übelkeit habe ich das Essen vergessen. Das war alles".

Charlotte atmet tief aus und schweigt. Frau Knopp scheint zu spüren, daß sie die Wahrheit sagt. Sie überlegt einen Moment. "Nun", sie zögert kurz, "persönliche Träume haben wir ja alle. Allein schon deswegen, weil wir nicht in der Lage sind, für einen anderen Menschen zu träumen. Diesen Job erledigen wir immer selbst. Dein Traum war vermutlich derart privater Natur, daß man ihn für ein Geheimnis halten muß?" Charlotte nickt. "Nun, ich sehe, du kannst ein Geheimnis würdigen und auch unter Streß deinen festen Vorsatz, nämlich den Mund darüber zu halten, auch durchsetzen". Das Mädchen lächelt stolz. Diese Formulierung über persönlichen Mut gefällt ihr. "Neigst du zum Petzen?" Die Frage trifft wie ein Peitschenhieb. Charlotte petzen? Nein, niemals. Ausgerechnet das ist eine Eigenschaft, die sie nicht haben will, die sie bei anderen Menschen schwer annervt. Das war Babykram.

Frau Knopp nickt ernst. "Dann sind wir also beide Menschen die ein Geheimnis wahren können. Petzen finde ich übrigens auch abscheulich. So feige, na ja". Mit der linken Hand rückt sie lässig ihren Monitor wieder zurecht. Mit 2 oder 3 Fingerübungen scheint sie das Gesuchte gefunden zu haben. Mit gespitzten Lippen liest sie den Text, scrollt unzufrieden weiter, scrollt noch einmal. Da haben wir's, murmelt sie. "So!," entschlossen knallt ihre flache Hand auf den Tisch. "Machen wir dem ganzen ein Ende!," fast fröhlich lächelt sie Charlotte an. Klack, klack und fertig. Mit ausgestrecktem Zeigefinger schaltet sie den Monitor aus.

Frau Knopp grinst. Breit und selbstgefällig grinst sie wie eine zufriedene Katze. "Charlotte Fritz, ich kläre dich über ein Mißverständnis auf. Soeben konnte ich in der Küchendatei die Abholung deiner Mahlzeiten feststellen. Es gibt also kein Vergehen, dessen Folgen du dich aussetzen müßtest". Die Alte hat die Datei manipuliert! Charlotte wird ganz heiß. Das darf doch nicht wahr sein! Donnerwetter, Respekt! Die Dame scheint mächtig und furchtlos zu sein. "Du machst einen kranken Eindruck, ich begleite dich gleich zum schulärztlichen Dienst und sorge für eine Krankmeldung, damit du morgen in aller Ruhe im Bett bleiben kannst!"

Charlotte jubelt innerlich, voller Freude schnappt sie sich die großen Hände. Dankeschön, vielen Dank für ihr Verständnis! Sie springt auf. Eine Frage jedoch beunruhigt sie noch, sie überlegt, ob sie sich trauen kann, sie zu stellen. Kein Wunder, daß niemand mies über Elsie Knopp redete! "Darf ich sie noch etwas fragen?" Charlotte steht aufrecht, ihre Gesprächspartnerin nickt freundlich. "Haben sie keine Angst, daß ihnen etwas passiert? Ich meine, sie wissen schon..."

Die klaren, scharfen Augen zu Sehschlitzen verengt, verzieht Frau Knopp sarkastisch den Mund. Ihre Antwort kommt sofort, mit einem ironischen Unterton. "Ich bin jetzt 70 mein Kind. Unverwüstlich, starrköpfig, einflußreich. Gut verdienend und gut versichert. Ich gehöre zu einer Altersgruppe, die zahlenmäßig allen anderen weit überlegen ist. Das Durchschnittalter der deutschen Bevölkerung hat sich momentan bei 60 Jahren eingependelt! Das durchschnittliche Sterbealter von Frauen liegt bei 96 Jahren, in zwei Jahren gehe ich in Rente. Wir haben die Kohle, die Erfahrung und das Wahlrecht. Was soll mir also passieren?".

Frau Knopp lächelt listig. "Wir beide haben einen Pakt geschlossen. Kannst du schweigen?". Klar Mann. Charlotte lächelt spitzbübisch. Sie hat den Text verstanden. "Okay, junge Dame, ich auch!". Mit einem laut klatschenden Take Fife verlassen sie diesen Raum, der an Eigensinn und Persönlichkeit seiner Bewohnerin in nichts nachsteht.

Ruhetag

20 Minuten später steht Charlotte ausgecheckt mit dem Durchschlag der Krankmeldung für die Eltern vor der gläsernen Eingangsschleuse in der warmen Sonne und wartet auf das Krankentaxi der Schule, welches sie mitten am Tag nach Hause bringen wird. Sie schmunzelt über Pauls blöden Gesichtsausdruck. Bei Gelegenheit, in einigen Jahren vielleicht, würde sie ihm von ihrem Erlebnis erzählen. "Ich bin krank!" hatte sie ihm schnell noch zuwispern können. Das mußte reichen. Immer noch verwundert und wahnsinnig erleichtert genießt sie das Gefühl, eine nicht ganz altersentsprechende Freundin gewonnen zu haben.

Im Altbauviertel angekommen, springt sie aus dem Taxi, verabschiedet sich, drückt die schwere hölzerne Eingangstüre auf und rennt die vielen Stufen durch das kühle Treppenhaus nach oben. Immer zwei Stufen auf einmal. Ihre rechte Hand streift freudig über den abgewetzten hölzernen Handlauf des Geländers. Es riecht leicht nach Keller, nach einem Hauch von Muff. Die Ausdünstung eines sehr alten Hauses. Ein Geruch, der ihr seit Kindesbeinen an vertraut ist, den sie mag. Ein ganzer Tag für sie! Einen ganzen Tag lang machen können, wonach ihr der Sinn steht! Was für ein Geschenk. Wie herrlich! Hallo Haus, ruft sie innerlich. Ich komme!

Japsend oben angekommen, pult sie den Schlüssel wieder aus der Hosentasche, dreht ihn mit Schwung im Schloß um und steht in der ruhigen Wohnung. Sie lauscht. "Mami?" Die Türe zu deren Arbeitszimmer ist fest verschlossen. Charlotte schleicht sich vorsichtig an und lauscht. Leise Klickgeräusche klingen durch die Ritzen zwischen Türe und Rahmen. Leise klickend, klackend, schnell, sicher und fehlerlos. Ihre Mutter ist da. "Mami!" Sie klopft an die Tür. Die Geräusche hören abrupt auf, sie hört wie ihre Mutter den Stuhl zurückschiebt, schnelle Schritte kommen zur Tür und reißen sie auf. "Was ist passiert? Wo kommst denn du her?"

Erstaunt und prüfend nimmt Frau Fritz ihre Tochter ins Visier. Obwohl erst 40 Jahre alt, wirkt sie etwas verhuscht, mäusisch, mit durch die Bildschirmarbeit ewig zusammengekniffenen Augen, ihre Fältchen um die angestrengten Augen sind tief. Ihre Mundwinkel zucken. In Jeans und lavendelfarbender Bluse steht sie um Türrahmen.

"Habt ihr etwa doch Unterrichtsausfall? Ist die Schule abgebrannt? Bist du ausgerissen oder krank? Wie siehst denn du aus?". Oh je. So viele Fragen auf einmal kann Charlotte beim allerbesten Willen nicht beantworten. "Ich bin krank und bin nach Hause geschickt worden." Schlichte, kurze Antworten für gestreßte Mütter sind häufig die besten. Das ist zumindest ihre Erfahrung. Sie hält ihrer Mutter die Krankmeldung direkt unter die Nase. Frau Fritz schiebt mit dem Zeigefinger die Brille hoch und liest. Ihre Augen flackern erschrocken.

"Ach du liebe Zeit, was machen wir denn jetzt mit dir?" Ihre rechte Hand liegt schon prüfend, nach Anzeichen von Fieber suchend, auf der Stirn ihrer Tochter. Unwillig will Charlotte zurückweichen. Seit ihrer Kinderzeit kann sie diese Berührung nicht leiden. Verhindern jedoch auch nicht. Mütter machen das immer so. Auch ein Erfahrungswert.

Die Prüfung endet mit dem Ergebnis 'negativ'. Keine Anzeichen von Fieber vorhanden. "Ich ziehe am besten gleich meinen Schlafanzug an und lege mich ins Bett, du kannst ruhig weiterarbeiten. Du bist ja da. Wenn ich dich brauche, rufe ich nach dir". Gott sei Dank hat Charlotte einen Plan. Schon dreht sie sich um und will alles zusammensuchen was sie braucht: Eine Flasche Wasser, zwei geschmierte Brote, Taschentücher und das Telefon, als ihre Mutter doch tatsächlich ganz aus dem Arbeitszimmer herauskommt und ihre überraschte Tochter in den Arm nimmt. Gute Besserung, wünscht sie ihr. Sie komme später nach ihr sehen. Fein, daß sie schon da sei, sie könnten dann später zusammen essen.

Wow, ein Tag voller Wunder!

Wenige Minuten später hat sich Charlotte umgezogen, leise Musik eingeschaltet und sich gemütlich mit dem Telefon im Bett zusammengerollt. Ab und zu räkelt sie sich genüßlich, streckt die Beine aus. Ihre nackten Füße lugen unter dem Deckbett heraus, amüsiert betrachtet sie das Gewackel ihrer Zehen. Ziemlich schmucklos, findet sie. Ah! Mit einem Satz ist sie aus dem Bett, kramt in der kleinen Ledertasche, die sie mit geübtem Griff unter dem Bett hervorzieht. Tattoos, murmelt sie vor sich hin. Leise schleicht sie ins Badezimmer, tätigt dort alle Maßnahmen die man braucht, um ein anständiges, wenn auch im Laufe der Zeit abwaschbares Tattoo auf die Haut zu kriegen.

Es muß ja nicht gerade im Gesicht sein. Selbstzufrieden liegt sie später wieder im Bett und betrachtet ihre langen, schlanken Beine. Auf jeder Kniescheibe ein Tattoo. Japanische Ornamente. Auf jeder runden Wade eins. Die beiden letzten Einhörner, verbunden durch einen komplizierten Kuß. Wegen der Hörner. Jeweils drei ziemlich kleine auf jedem Schienbein. Chinesische Schriftzeichen. Schick.

Die Schlafanzugshose liegt zusammengefaltet unter dem Bett.

Wie wunderbar, ich habe Zeit! Charlotte ist glücklich. Die Schatten der Nacht sind für den Moment gewichen. Das helle Licht ihres augenblicklichen Glücksgefühls hat sie platt gemacht. Zeit! Eine Erinnerung der letzten beiden Tage zieht durch ihr Gehirn.

Zeit, freie Zeit, Freizeit. Oh ja, sie wollte bei Gelegenheit einmal nachschlagen. Intelligenz nutzt Gelegenheiten. Dieser Spruch, der durchaus vielseitige Verwendung finden kann, fällt ihr immer häufiger ein. Oh je, sie hat keine Lust auf ihr Laptop. Aber, Moment, ihre Arme sind, wenn sie sich ganz lang macht, so lang, dass sie vom Bett aus in ihr Bücherregal greifen kann. Einer der Vorteile, wenn Kinderzimmer so winzig sind.

Ihre Großmutter hat ihr vor einiger Zeit ausrangierte Lexika in Buchform geschenkt. "Ich habe sie immer geliebt", war ihr Kommentar. "Sie sind so schwer, in Leder gebunden, sogar mit Goldschnitt, sie riechen so wunderbar und liegen prima in der Hand. Sie machen mir besonderes Vergnügen beim Nachschlagen und waren außerdem zu ihrer Zeit schweineteuer." Die Großmutter grinst. Um ihr Vokabular schert sie sich heute nicht mehr. Schweineteuer? Das war doch harmlos. Auf jeden Fall weiß sie ihrer Ansicht nach heute viel mehr als früher. Seit sie im Ruhestand ist, scheint sie erst recht beschäftigt.

Charlotte weiß nicht so genau, was sie alles macht. Versammlungen besuchen, ins Theater gehen, tapezieren und streichen, fernsehen, lesen, wandern, radfahren und im Garten werkeln. In ihrem kleinen Backhäuschen backt sie tatsächlich Brote und Kuchen, die sie als ehrenamtliche Mitarbeiterin an einer Tafel für die täglich mehr werdenden armen Leute wieder los wird. Der Gag ist natürlich ihr Esel Benjamin, den sie sich nach Opas Tod angeschafft hat. Unsere grauen Haare passen gut zusammen, spottet sie gerne. An langen freien Tagen zieht sie mit ihm zum Wandern in die Wälder. Manche denken, sie habe ein Rad ab. Sollen doch alle denken, was sie können! Mehr sagt sie dazu nicht. Statt Lexika stapeln sich CD-Roms neben ihrem Rechner. Was ich wissen will, ist derart speziell, daß ich noch mehr Lexika bräuchte Ein paar Romane müssen auch noch sein. Schließlich kann ich nicht anbauen. Sagt sie, die das ganze Haus voller Bücher hat und in Notzeiten sicherlich 3 Winter lang heizen könnte.

Also, Charlotte zieht das nach Alter und Erfahrung duftende Lexikon heran, setzt sich auf und bringt es auf ihren Knien unter. Nicht ohne zuvor nachzuschauen, ob die Tattoos auch wirklich trocken sind.

Freizeit. Mal sehen, was sich finden lässt. Aufmerksam liest sie:

Unheimlich viele wissenschaftliche Dinge, die noch nicht einmal Erwachsene verstehen! Herrje! Egal, sie wird sich durchbeißen.

Folgende Begrifflichkeiten allerdings sind ihr deutlich. Von fremdbestimmter Berufsarbeit entlastete Zeit, freie Zeit, die vom Individuum nach eigenem Ermessen gefüllt wird, soziale Zwänge wie Konsumzwang können die freie Entscheidung einengen beziehungsweise den Menschen darin hindern, sich frei zu entfalten, liest sie. Freizeit, heißt es da, ist das Gegenstück zur fremdbestimmten Arbeitszeit, hat mit der so genannten Reproduktion der menschlichen Arbeitskraft, nämlich Dingen wie Essen und Schlafen, nichts zu tun.

Freizeit ist vom Wert her mehr als lediglich 'freie Zeit', die nicht mit allgemein organisierter Befriedigung materieller und ideeller Bedürfnisse verbunden ist. Das Sahnehäubchen von Freizeit ist 'Muße'.

Letzteres ist für den Augenblick zuviel. Obwohl Charlotte konzentriert gelesen und die wissenschaftliche Worte von den für sie verständlichen getrennt und in ihrem Kopf wieder geordnet hat, fühlt sie sich von einem klaren Gedanken noch ein Stück entfernt.

Ihre Frage nämlich ist die, was Freizeit für sie eigentlich bedeutet und ob sie, im Klartext gesprochen, tatsächlich welche hat. Bislang hatte sie gedacht, wenn ich müde bin, kann ich in meiner Freizeit schlafen und selbst entscheiden, ob ich früher ins Bett gehe als sonst. Hm, wenn sie sich ihren ausgefüllten Tagesplan, der allmorgendlich auf ihrem Bildschirm erscheint, vor ihr geistiges Auge zieht, sie erst gegen 20.15 Uhr nach Hause kommt, bleibt nicht mehr allzuviel Zeit, bis sie ins Bett fällt.

Die Arme hinter dem Kopf verschränkt, die rechte Ferse auf dem herangezogenen linken Knie wippend, liegt Charlotte auf ihrem Bett und starrt die Decke an. Nur aus anderen Gründen als nachts. Freizeit braucht der Mensch als Gegenstück zur Arbeit. Die tägliche Arbeit der Kinder ist die Schule. Freizeit hat einen Wert. Menschen müssen sich erholen. Essen und Schlafen hat mit Freizeit nichts zu tun. In der Freizeit ist man sein eigener Herr und kann machen, was man will.

Charlotte schläft ein.

Elsie Knopp hat Vergangenheit

Elsie Knopp, die in unverhoffter Weitsicht dafür gesorgt hat, daß Charlotte ungeschoren aus der Affäre und zu einem freien Tag oder, besser gesagt, zu eineinhalb freien Tagen kommt, ist durchaus nicht immer Schulsekretärin gewesen.

In jungen Jahren hat sie gemeinsam mit ihrer Freundin, die wenige Jahre älter ist, an der Universität Politikwissenschaften und Pädagogik studiert.

Das war 1985, lange bevor man das Jahr 2000 schrieb und noch längere Zeit vor der Einführung des Euro. Die Deutschen und die Deutsche Mark gehörten zusammen. Der letzte Weltkrieg und die Auseinandersetzung mit Judenvernichtung, mit Fremdenhaß, den hungernden Kindern in Afrika und sonst auf der Welt, mit so genannten Gastarbeitern und der Angst vor dem schwarzen Mann waren aktuell. Das Jahr 1968, als Studentinnen und Studenten der deutschen Universitäten für ein freieres Leben demonstrierten und viele schlimme Dinge mit ihnen geschahen, war auch noch lebendig.

Der katholische Papst war mächtig. Helmut Kohl war Bundeskanzler. Staatliche Gelder waren schon knapp und wurden immer knapper, weil die Neuverschuldung täglich stieg. Die Wiedervereinigung von Westdeutschland und der damaligen DDR, die hinterher 'Neue Bundesländer' hieß kam immer näher, obwohl viele es nicht für möglich hielten.

Elsie Knopp und ihre Freundin schrieben sich an der Uni ein, gingen nach der Immatrikulation erst einmal stolz in die Mensa, Kaffee trinken. Sie hatten es geschafft. Sie waren Studentinnen. Die Welt würde ihnen mit ihrer Bildung offen stehen. Mit ihren guten Abiturnoten hatte der Numerus Clausus keine Bedeutung für sie. Sie würden es schaffen, der zunehmenden Arbeitslosigkeit der Menschen aus dem Wege zu gehen. Schließlich waren sie intelligent, kreativ, fleißig und leistungswillig. Wer Arbeit will, kriegt auch welche. Hieß es damals und lange Zeit hinterher auch.

Demonstrativ stellten sie ihre neu erworbenen Ledertaschen, das Utensil ihrer Fakultät, auf den kleinen Tisch, streckten die nackten Füße in den Sandalen unter dem Tisch hervor und zündeten sich zuversichtlich Zigaretten an. Von Feinstaub und giftigem Nebenstromrauch sprach man noch nicht so deutlich wie im Jahre 2006, wo in immer mehr öffentlichen Gebäuden und auch Restaurants das Rauchen verboten wurde.

Jeans und Ledertaschen, ganz zu schweigen von den Fachbüchern, waren schweineteuer und oft mühsam erspart. Studentinnen und Studenten, die nicht von ihren Eltern finanziell unterstützt wurden, besaßen oft nur eine Jeans. Diese wurde alle drei Wochen gewaschen und im Winter am liebsten über die Heizung gehängt, damit sie schneller trocknete.

Elsie und ihre Freundin lebten in einer Wohngemeinschaft mit einer Studentin der Biologie, mit gemeinsamer Küche, Dusche und Toilette. Und einem Haufen Krach und Streit, bis sie ihre Haushaltsorganisation auf der Reihe hatten. Anders war selbständiges Leben kaum möglich, zu dritt konnten sie die Wohnung bezahlen, jede für sich hätte entweder zuhause bei den Eltern bleiben oder aber sehr früh heiraten müssen.

Das wollten alle drei nicht. Mit nur einem Telefonanschluß war das so eine Sache, denn abends, wenn sie keinen Nebenjobs wie Kellnern, Taxi fahren oder Putzen und so nachgingen, hätten sie gerne alle mit ihren Freunden telefoniert. Bildtelefon gab es damals nur in Zukunftsromanen, deshalb konnte man sogar notfalls auf einem Berg schmutziger Wäsche sitzen und die Haare mit Henna eingeschmiert haben, während man sprach. Heute geht das nicht mehr.

Für alle Studierenden galten natürlich die Prüfungsordnungen, die Pflichtfächer und die Pflichtscheine. Auch bei den Pflichtscheinen konnten sich Elsie und die anderen die Themenstellungen auswählen. Ansonsten hatten sie freie Hand, konnten sich Vorlesungen und Lehrveranstaltungen nach Lust und Laune auswählen, ihre Studienschwerpunkte auswählen und ihre Forschungs- und Freizeitinteressen weitgehend selbst steuern. Studium war immer mehr selbstverwaltend. Das heißt, Elsie und die anderen mußten sich zusätzlich um alle möglichen Verordnungen kümmern und darum, daß alles richtig lief. Meldete man sich zu spät zu einer Prüfung an oder gab seine Scheine nicht termingerecht ab - Pech. Niemand war da, der einen daran erinnerte.

Elsies schwarzes Haar glänzte schon damals in der Sonne, die jungen Männer schauten ihr lächelnd nach und versuchten, mit ihr auszugehen. Politik und Pädagogik waren ihre ureigensten Interessen. Außerhalb der Vorlesungen verschlang sie kiloweise Fachliteratur, bewarb sich um ein Auslandssemester, in fachbezogenen Diskussionen und auch bei Diskussionen in ihrer Studentenclique galt sie als überaus wortgewandt, streitsüchtig fast sogar, als eine, die nachts auf dem Lexikon schläft und morgens alles im Kopf hat. Sie stellt kluge Fragen, auch an die Professoren, die sich zur damaligen Zeit mit den Studierenden duzten. Manchmal auch Fangfragen. Schließlich wollte sie sich keinen Bären aufbinden lassen.

Viele unzählige andere auch, besaßen Elsie und die anderen in der Wohngemeinschaft keinen PC. Weder einen für sich persönlich noch einen für alle. Diese Geräte waren 1985 wahnsinnig teuer und für die so genannten 'Armen Studenten' unerschwinglich. Mit Glück oder auch durch vorausschauende Planung, zum Beispiel bei Geburtstags- oder Weihnachtsgeschenken, kam man an eine elektrische Schreibmaschine. Es gab sogar schon welche mit einem kleinen Display, auf dem zwei Zeilen gelesen und korrigiert werden konnten, und ein bißchen Speicherkapazität für einige Seiten Text.

In vorausschauender Planung war Elsie gut. So kam es, daß alle drei abwechselnd und in Nachtschichten, ihre Texte für Hausarbeiten, Scheine und Diplomarbeiten verfassen konnten. Und ihre Thesenpapiere und Aufrufe für den ASTA, den Allgemeinen Studentenausschuß und für Demonstrationen.

Gleichbehandlung für Frauen? Elsie und ihre Freundin gingen auf die Straße. Bildungsreformen und Schaffung weiterer Studienplätze? Elsie und ihre Freundin waren maßgeblich dabei. Mehr Selbstverantwortung und Autonomie für die Studierenden - keine Frage, wer sich hier engagierte. Kampagne gegen Ausländerfeindlichkeit? Elsie und ihre Freundin schlugen die Trommeln. Durchsetzung der Menschenrechte für Kinder, Elsie und ihre Freundin schleppten das Transparent, liefen laut singend direkt hinter dem Polizeiauto her. Gegen Ausbeutung und Mißbrauch von Kindern - das gleiche. Kinderschutz und Bildungschancen für alle - Elsie und ihre Freundin waren an vorderster Stelle dabei. Schrieben zuhause die Pressemitteilungen.

Elsie und ihre Freundin waren, die eine mit glänzendem schwarzen Haar, die andere mit leuchtend rotem, bekannt wie Feuer und Kohle. Wie zwei, die anheizen, einheizen und das Feuer nicht ausgehen lassen.

Nächtelang diskutierten sie, auch wenn die Biologin mit bedeutungsvollem Blick ihre Türe schon zugehauen hatte, saßen die beiden immer noch in der Küche und versuchten, ihre Rätsel an der Welt zu lösen.

Ab und zu gingen sie mit ihren Freunden aus, tranken auch nach der Disco noch einen Wein, schickten die jungen Männer wieder nach Hause. So ernst war es nun auch wieder nicht gemeint.

Sie waren frei. Frei in ihren Lebensentscheidungen, in ihren Planungen, in ihrem Tun. Sicherlich trugen sie auch manchmal ungeliebte Konsequenzen dieses allein entschiedenen Tuns. Es waren aber ihre. Sie lernten daraus. Oder auch nicht. Je nach dem. Sie lachten, stritten, diskutierten, liebten und weinten. Sie genossen ihre Freiheit und fühlten sich lebendig. So sehr, daß sie dieses Gefühl nicht, niemals im Leben aufgeben wollten. Im Gegenteil, sie wollten sich dafür einsetzen, daß auch in Zukunft, in naher und ferner Zukunft, ihre Kinder und Kindeskinder lebendige, freie Menschen sein sollten.

Damit dieses Bestreben nicht unterging, sondern auch öffentlich wichtig wurde und blieb, schnappten sie sich die entsprechenden Gesetzesbücher, suchten sich Gleichgesinnte und gründeten eine Partei. Jawohl, keinen Verein, sondern eine Partei. Sie wollten einfach ernst genommen werden. Kurz und bündig nannten sie sich FFE - Freedom For Ever.

Zielgerichtet formulierten sie ihre Statuten, gaben sich ein Programm, finanzierten sich selbst. Ihre Partei war so winzig, daß die Parlamentarier im Bundestag gelacht hätten. Haben sie aber nicht. Denn die Partei war so winzig, daß sie kein Mensch, es sei denn er hätte nachgeforscht, gefunden hat. Ihre Mitglieder waren in überschaubarer Zahl. Elsie war die Parteivorsitzende, ihre Freundin die Vertretung.

Gemeinsam paukten und schrieben sie sich durch ihre Diplomprüfungen, erledigten ihre Parteitätigkeiten unermüdlich nebenher und heirateten.

Beide ungefähr zur gleichen Zeit. Total unterschiedliche Männer. Die Freundin mit dem Feuerhaar einen soliden Familienmenschen, mit dem sie tatsächlich ein ganzes Eheleben lang verbunden bleiben würde.

Elsie einen, der ihr nach wenigen Jahren derart auf den Keks ging, daß sie sich scheiden ließ. Immer aber blieben sie Freundinnen und verfolgten gemeinsame Ziele. Sogar ihr beruflicher Weg war sehr ähnlich. Beide beschäftigten sich mit Erziehung und Bildung von Kindern. Die eine, die mit dem Feuerhaar, als Dozentin. Elsie als Leitung einer Bildungseinrichtung für Kinder.

Wie es bei ganz engen Freundinnen oft so ist, gebaren beide nicht nur jeweils ein Kind, sondern beide einen Sohn. Elsie mußte sich als allein erziehende Mutter ganz schön anstrengen, für sich und ihren Sohn alles gut zu regeln. Sie liebte ihn und zeigte es auch, selbst wenn sie völlig ausgelaugt vom ihrem Ganztagsjob nach Hause kam. Ihre Wochenenden verbrachten sie oft in der Natur oder auch mit der Familie ihrer Freundin.

Elsies Haar war immer noch pechschwarz. Kein Mensch weiß, wann sie angefangen hat, sich zu färben. Ihre Freundin auch nicht. Geheimnisse müssen sein, ist Elsie's Devise. Die beiden Söhne, ungefähr im gleichen Alter, wuchsen heran. Zu sagen, sie wären unheimlich gut befreundet gewesen, ist nicht so ganz richtig. Sie waren eher wie Brüder.

2010 kam Elsie's Sohn durch einen entsetzlichen Unfall ums Leben. Er war knapp 15 Jahre alt und tatsächlich der größte Stolz seiner Mutter. Alles, was sie ihm geben und was sie ihn lehren konnte, wollte sie ihm schenken. Auch durch sie lernte er die menschliche Freiheit und Würde schätzen.

Die Rekonstruktion des Unfallherganges ergab damals, so banal wie furchtbar, folgendes:

Das kleine Kätzchen der Nachbarin war laut miauend und kreischend auf den einzigen hohen Baum neben dem Gartenzaun mit der Schwertspitzenumrandung geklettert. Die Nachbarschaftsvereinigung hatte in der Vergangenheit bereits gegen diese unzeitgemäße Umrandung vergeblich protestiert. Elsie's Junge mit dem schwarzen Haar seiner Mutter war stark und lachend dem Kätzchen hinterher gestiegen. Liebevoll und selbstbewußt wollte er es retten, zurückholen. Die kleine Katze, mittlerweile voller Angst und Grausen wegen der Höhe und der ungewohnten Umgebung, der lauten Lockrufe ihres Frauchens, rutschte mit ihren kleinen Krallen ab und zu ab und fühlte sich von dem freundlichen Jungen, der hinterherstieg, verfolgt.

Just in dem Augenblick, als er den Arm ausstreckte, um das Tierchen einzufangen, rutschte er mit dem Turnschuh von einem glatten Ast, konnte sich nicht mehr festhalten und stürzte aus großer Höhe genau auf den Zaun. Eine der Schwertspitzen hatte sich durch seine Bubenbrust gebohrt. Er war sofort tot.

Elsie verlor bei der Nachricht das Bewußtsein, später schrie sie und nach der Beerdigung verbrachte sie drei Monate in einer psychiatrischen Klinik. Das war mehr, als ihr Herz und ihr Verstand fassen konnten.

Danach war sie noch einige Wochen krank geschrieben, saß tagelang stumm wie eine Marionette ohne Draht in ihrem Sessel. Ihre Freundin mit dem Feuerhaar akzeptierte ihren Schmerz, besuchte sie in der Klinik, saß stumm neben dem Sessel. Manchmal weinte sie mit, weil auch sie eine Art Sohn und ihr Sohn einen Bruder verloren hatte. Wenn Elsie blicklos aus dem Fenster starrte, nahm sie fest ihre Hand.

Nach einiger Zeit begannen sie beide, Stellenanzeigen zu lesen. Stellenangebote in der Zeitung und im Internet. Elsie konnte und wollte ihre Arbeit in einem Haus voller Kinder nicht mehr ertragen. Die Parteitätigkeit allerdings gab sie nicht auf. Sie wollte, wie sie sagte, den Markt der Möglichkeiten im Auge behalten. Der Schmerz in ihrem Herzen würde nie abheilen, das wußte sie. Er würde abklingen und wieder aufflammen, sie würde lernen, mit dieser Wunde zu leben. Schwer und ungewollt zu leben.

Mühsam kämpfte sie sich ins Leben zurück. Jetzt hatte sie weder die Nerven noch die Geduld, ihre Mitarbeiterinnen anzuleiten, zu begleiten, für fremde Kinder direkt etwas zu tun. Ihr Kind war gestorben, vieles war so unwesentlich geworden.

So bewarb sie sich auf die Stelle als Schulsekretärin, die im Laufe der Zeit der Stelle einer Managerin immer ähnlicher wurde. Sie fand ihre Qualifikationen auch so gut eingesetzt, in ihrer Freizeit schrieb sie melancholische Gedichte und Kurzgeschichten, die zu ihrem eigenen Erstaunen irgendwann sogar veröffentlicht wurden. Die 'Knopp'schen Verse zum Tod eines Kindes' wurden zum Standardwerk für trauernde Eltern.

Elsie's Welt veränderte sich zusehens. FFE wurde versteckt immer aktiver. In allen Bundesländern bildeten sich Abkömmlinge. Meinungsfreiheit für alle Menschen gab es immer noch. Das Grundgesetz der Bundesrepublik Deutschland wurde nicht geändert, aber hinsichtlich der Freiheit des Einzelnen immer weniger beachtet. Unfreiheit für die Menschen, vor allen Dingen der Kinder unter ihnen, wurde im Laufe der Zeit umfangreicher. Staatliche Überwachung und Kontrolle nahmen zu. In Elsie's Jugend war vom Modell des 'Gläsernen Menschen' lautstark gewarnt worden. Sicherheitsaspekte und finanzielle Interessen waren in erster Linie der Grund dafür, daß es den privaten Menschen, der selbstbestimmt sein Leben regiert, so gut wie nicht mehr gibt.

Bis zum Jahre 2035 war es dann ihrer Einschätzung nach so weit, daß der Politiker mit dem Plan, der die Menschen beruhigen sollte, den Gipfel staatlicher Manipulation der Einzelnen und der Massen erreicht hatte. Private Geheimnisse wurden zu staatlichen Interessen. Mußten sie, damit Überwachung und Lenkung möglich waren. FFE sorgte intern dafür, daß die Parteigruppen in den einzelnen Bundesländern möglichst klein blieben, jedoch durch unermüdliche Überzeugungsarbeit ein Heer so genannter 'Stiller Mitglieder', die im Notfall blitzartig eintreten und die Partei vergrößern würden, gewann. Das war das Eine.

Das Andere war, daß alle Verwandten von Schulkindern und Jugendlichen, die in schulischer und betrieblicher Überwachung waren, ihre Parteimitgliedschaft offiziell kündigten und zu stillen Mitgliedern wurden. Man befürchtete, ob zu Recht oder Unrecht mag dahingestellt bleiben, die Kinder zu gefährden und staatlichen Schikanen auszuliefern.

Elsie Knopp, die an der Schule arbeitet und mit den Kindern zu tun hat, war recht bald nicht mehr Parteivorsitzende. Offiziell. Auch ihre Freundin mit dem Feuerhaar, die ein Enkelkind an der Schule wußte, zog sich zurück. Elsie Knopp's Rubrik 'Parteizugehörigkeit' war leer.

Feuerhaar und Kohle waren mit der Entwicklung ihrer Welt nicht zufrieden, entsprach sie doch nicht mehr im Geringsten den Idealen, für die sie gekämpft hatten. Ihr politischer Einsatz der Vergangenheit war zu gering, zu unauffällig und unerwünscht. Sie wären jedoch nicht die Anheizer gewesen, würden sie nicht heute noch die Glut hüten und die Vorteile ihres Alters nutzen. Auf berufstätige Eltern würden sie nicht bauen können. Diese waren häufig von Alltagsdingen, drohender Arbeitslosigkeit und Arbeit ohne Ende derart zugeballert, daß sie froh waren, Verantwortlichkeit, was ihnen geschickt als Fortschritt verkauft wurde, abzugeben.

FFE war also nach außen hin eine Partei ohne Einfluß geblieben. Immerhin jedoch so bekannt, dass genügend Wähler zur Verfügung standen, die sie im Ernstfall knapp über die 5% Hürde hieven würden. Bis dahin war das Risiko staatlicher Kontrolle relativ gering; dennoch bedienten sich die offiziellen und stillen Mitglieder im E-Mail-Verkehr eines Geheimcodes. Einer privat entwickelten Sprache, die für Außenstehende nichtssagend und harmlos aussieht, es in Wahrheit aber in sich hat.

So heißt zum Beispiel: 'Steh morgen bloß früh auf, du fauler Sack, wir wollen wandern' in der Übersetzung: 'Alles klar Freunde, alle in die Partei eintreten, wir machen mobil!' oder 'Höre bitte auf mit deinem Gesülze, du gehst mir auf die Nerven': ' Hebt alle die Hand und gebt eure Stimme ab, jetzt setzen wir unsere Ziele um!'. In dieser Art geht es weiter. Für die Parteimitglieder, Freundinnen und Freunde von Feuerhaar und Kohle, war die Entwicklung dieser Geheimsprache ein äußerst vergnüglicher Abend.

Charlottes Freizeit

Als Charlotte endlich aufwacht, scheint zwar immer noch die Sonne, der Nachmittag ist jedoch fast vorbei. Das also war keine Freizeit, denkt sie müde. Ihre rechte Ferse ruht immer noch auf dem linken Knie. Das gibt's doch gar nicht. Aber immerhin: Die Tattoos - nicht schlecht. Sie dreht ihre Beine im Liegen hin und her. Lässt ihre Muskeln spielen, damit die Tattoos in Bewegung kommen.

Ah, sie fühlt sich wie eine Königin. Sie liegt im Bett und alles andere drumherum. Entschlossen greift sie nach der Wasserflasche, hängt sich dran und trinkt wie eine Verdurstende. Und jetzt das Brot. Wow, sie merkt erst jetzt, wie ausgehungert sie ist.

Sie würde jetzt ihre Großmutter anrufen. Wo um alles in der Welt ist das Telefon? Die antiken Dinger hätten an einer langen Schnur, die irgendwann in der Wand geendet hat, gehangen. Wären also leicht zurückzuverfolgen gewesen. Na ja, auch kein Problem. Sie hängt den Kopf aus dem Bett, guckt drunter und brüllt: "Telefon!" Ein schriller Ton antwortet. "Wußte ich doch, daß ich dich finde." knurrt sie und angelt mit dem Zeigefinger das hühnereiförmige, flache Etwas unter der Schlafanzugshose hervor. Diese Eierscheibe, wie sie das Teil manchmal nennt, besteht nur noch aus einem Sensor und dem Zwischenverstärker eines Mikrofons.

Mit einem leichten 'Tick' tippt sie auf den Sensor, der Plasmabildschirm springt an, Helligkeit und eine Maske mit Telefonnummern und Namen zeichnet sich ab. Und die Meldung: Das Raummikrofon ist eingeschaltet. Bitte sprechen sie jetzt!

Charlotte sitzt im Schneidersitz auf dem Bett, die Hände im Schoß verschränkt, im richtigen Winkel zur Kamera. Laut und bestimmt sagt sie: "Oma!" Im nächsten Moment erscheint die Meldung: Bitte warten sie. Die Verbindung mit dem gewünschten Anschluß wird hergestellt.

Ein bildlich dargestellter Count Down zählt von hinten an die Klingeltöne im Hause ihrer Großmutter. Hat sie beim 10. Ton keinen Kontakt aufgenommen, wird der Verbindungsversuch beendet. Herrje, sieben Töne schon verbraucht!

Da, plötzlich verändert sich der Bildschirm, das Gesicht ihrer Großmutter erscheint. "Hallo Kind! Bei mir hat es eine Weile gedauert, ich konnte den Pieper (so nennt ihre Oma das Ding) nicht finden. Wie geht es dir?"

Charlotte hockt auf der Matratze und grinst. Sie freut sich auf das Telefonat mit ihrer Großmutter aber, ehrlich gesagt, findet sie deren Outfit lustig. Ihr Gesicht mit den freundlichen Lachfalten, der randlosen Brille und den leuchtend blauen Augen dieser Seite der Familie guckt unter einem schwarzen Schlapphut mit gigantischen Ausmaßen hervor. Von ihrer Frisur ist nichts zu sehen. Ihre Lippen sind dunkelblau, fast violett. Ihre Hände mit den akkurat gefeilten Fingernägeln, mit denen sie gestikuliert, wirken von der Gartenarbeit des Tages etwas schmutzig und doch scheint der Oberkörper in einem ebenfalls schwarzen Herrensakko zu stecken. Der Hintergrund des Raumes ist schummrig. Möglicherweise hat sie die Gardinen wegen des Sonnenlichtes zugezogen. Auf dem Tisch brennt eine Kerze. Komisch.

"Kind was ist?" Frau Fritz senior reagiert fröhlich auf Charlottes Kopfbewegungen, mit denen sie sich vergeblich bemüht, herauszufinden, ob ihre Großmutter alleine ist, ob alles stimmt. "Sag' mal Oma, ich wollte dich sprechen, aber was m a c h s t du? Ist alles in Ordnung? Feierst du Fasching im Mai oder 'was?" Charlotte schwankt zwischen Belustigung und Beunruhigung.

Ihre Großmutter ist 75, da kann es, wie sie gehört und gelesen hat, in ganz seltenen Fällen dazu kommen, daß die Personen wunderlich werden. Wie man so sagt. Verschroben und wunderlich. Klar kann das auch rasend schnell gehen, bis vor kurzem jedoch war alles in Ordnung. Frau Fritz senior, die das zweifelnde Mienenspiel ihrer Enkeltochter aufmerksam verfolgt hat, grinst breit. "Du denkst auch, ich sei auf meine alten Tage nicht mehr ganz bei Trost, stimmt's?" Wer das eventuell noch denkt, wird verschwiegen. "Nun, ich kann dich beruhigen. Mit mir ist alles in Ordnung." Sie dreht sich um und guckt in ihr Zimmer zurück. "Es ist etwas duster hier, weil mir die Sonne zu grell war. Ich habe mir heute im Garten schon fast einen Sonnenstich geholt. Dann bin ich 'rein, habe die Vorhänge zugezogen und Lust gekriegt, mich mit deinem Großvater selig zu unterhalten". Sie lächelt und tippt an ihren Hut. "Wie du siehst habe ich, um ihm näher zu sein, seinen uralten Sonntagshut, mit dem er mich früher so betört hat, aufgezogen. Schick, gell?" Sie dreht sich kokett um die eigene Achse. "Und dann, um das Maß der Eleganz vollkommen zu machen, bin ich in seinen Sakko geschlüpft, habe damit eine Party gefeiert und eine ganze Kanne Blaubeersaft getrunken!"

Blitzartig entblößt sie ihr Gebiß und fletscht dunkelviolette Raubtierzähne.

Charlotte kreischt und kugelt sich vor Vergnügen. Ihre Oma! Was für eine Frau. Sie liebt sie einfach.

"Was ist mir dir?" Großmutter hat einen guten Blick für Situationen. "Wenn mich nicht alles täuscht, müßtest du am hellichten Tag in der Schule sein. Oder habe ich mich im Tag vertan?" Sie runzelt die Stirn, überlegt einen Augenblick. "Nein," kommt sie zu dem Schluß, "es ist zweifelsfrei nicht Sonntag. Also, schieß' los. Was ist am Laufen?"

Charlotte berichtet ihr kurz von der Art Krankheit, die sie im Genick gepackt hat und von ihrem Wunsch, Oma am Wochenende zu besuchen. Am besten Samstag Abend schon. "Hmm, grundsätzlich lässt sich das machen. Warte bitte einen kleinen Moment, ein Sekündchen, in will 'mal einen Blick in meinen Terminkalender werfen".

Sie sieht, wie sich die Gestalt ihrer Großmutter entfernt und im Dunkel des Zimmers an ihrem Schreibtisch herumhantiert, eine Schublade aufzieht, nach dem Kalender fingert und liest. Berufliche Termine, das weiß Charlotte, werden immer im Laptop gespeichert. Outlook erinnert jederzeit pünktlich und zuverlässig entweder mit einem Signalton oder einer Computerstimme, wo man sich zwischen weiblich und männlich entscheiden kann. Ganz Abgefahrene wählen die Papageienstimme. Zu denen gehört Oma nun nicht.

Frau Fritz senior murmelt vor sich hin. Im Mienenspiel der Enkelin hat sie die Wichtigkeit des Besuches erkannt. Mist! Tatsächlich findet sie zwei private Termine, die ihr auch wichtig sind. Sie schätzt sich als eigene Person auch sehr und ist nicht mehr bereit, so mir nichts dir nichts ihre Bedürfnisse aufzugeben. Allerdings hat sie sich vor langer Zeit schon, als sie erkannte, wie zukünftige Zeiten wohl werden würden, geschworen, für ihre Enkelkinder, wenn sie denn Oma werden würde, da zu sein.

Für den Bruchteil einer Sekunde ruht ihre Handfläche auf dem selbst hergestellten Papierkalender, dessen Seiten sie liebevoll konzipiert, ausdruckt und jährlich eigenhändig in Leder bindet. Herkömmliche Kalender, wie man sie früher kannte und wie selbstverständlich am Jahresende für das künftige Jahr einkaufte, gibt es schon lange nicht mehr. Nicht nur das Abholzen der Wälder dieser Welt und die verstärkten Bemühungen um Naturschutz und die staatlichen Programme zum Umgang mit der offensichtlichen Klimaveränderung sind der Grund. Natürlich gibt es kaum noch Papier, die meisten Bücher werden elektronisch gelesen.

Ja es stimmt, auch durch die technisch ausgefeiltesten Flachmonitore gibt es immer mehr Brillenträger und Brillenträgerinnen. So wird überdeutlich, wie sehr die Menschen der modernen Netzwerkgesellschaft Unterstützung brauchen, um zu erkennen, was sie sehen. Die Krankenkassen interessiert diese Brillenindustrie nicht. Jeder Mensch zahlt sowieso selbst. Altersrabatte beim Optiker gibt es schon lange nicht mehr. Durch das rasante Immer-Älter-Werden der Menschen wären die Optikverwalter fast an den Bettelstab gekommen.

Der zweitwichtigste Grund ist die vollkommene Digitalisierung der belebten Welt. Ja der belebten Welt, sofern sich das auf Menschen und nicht auf die Tierwelt bezieht. Durch staatliche Scanner in jedem Haushalt, durch den elektronischen Einkauf , wegen des Bildtelefons über das Internet und vieler anderer Möglichkeiten, sind alle miteinander vernetzt. Der Staat erhebt zum Beispiel ständige Daten für den Schulbetrieb. Trotz eifriger Proteste in den 90er Jahren des letzten Jahrtausends war leider, leider nicht zu verhindern, daß der moderne Staat noch nicht einmal mehr mit dem Finger schnipsen geschweige denn fragen mußte, um sich auch in private Dinge einzuloggen.

Und natürlich die Sicherheitsbemühungen. Um den Bürgerinnen und Bürgern Schutz vor eingeschleppten Seuchen, biologischer oder chemischer Kriegsführung und vor terroristischen Übergriffen zu garantieren, mußten Überwachung und Kontrolle ausgebreitet werden. Und natürlich mußten diese Dinge wieder über ein speziell ausgearbeitetes Kontrollsystem kontrolliert und überwacht werden.

"Soll ich mich etwa noch auf dem Klo beobachten lassen?" Charlotte war noch nicht geboren, deshalb kann sie sich an das wütende, empörte Zischeln ihrer Großmutter nicht erinnern.

"Privat ist privat und persönlich. Intim! Mein eigenes!" Großmutters Zorn kannte damals kaum Grenzen. Ihre Hilflosigkeit auch nicht. "Mein Bestes kriegt ihr nicht, das gebe ich nicht her!" Höhnisch und aufgebracht sann sie nach Möglichkeiten, unversehrtes privates Leben zu erhalten. Unversehrt! Das war damals eines ihrer wichtigsten Worte. "Sack und Asche!" einer ihrer letzten Kommentare.

Seitdem fertigt sie unter anderem ihren eigenen Kalender. Aus Papierrückständen eines pleite gegangenen kleinen Verlages, für den sie als freie Autorin geschrieben hatte.

Worte und Bücher waren immer schon ein Teil ihres Lebens, den sie nicht bereit war, aufzugeben.

Mit einem kurzen Blick über die Schulter sieht sie Charlotte klein, mit wartend aufeinander gepreßten Lippen, seufzend im Monitor sitzen. Über der unteren Leiste mit den Tools zappeln ihre Finger. Alles klar! Großmutter, immer noch in Hut und Sakko, eilt zum Bildschirm zurück. Sie lächelt das Mädchen freundlich an. "Fein, Lotta, daß du mich besuchen kommst!" Sie nickt. "Wir werden uns ein schönes Wochenende machen und viel Zeit zum Sprechen haben. Wenn du magst. Bitte sei doch so gut und sprich das jetzt gleich mit deiner Mutter ab, damit ich weiß, daß alles okay geht!"

Noch bevor Frau Fritz zuende gesprochen hat, ist Charlotte schon aufgesprungen und zu ihrer Mutter gerannt. "Ich komme mit dem Bus!" ruft sie aufgeregt, kaum daß sie den Türrahmen ihres Zimmers gestreift hat. "Oma, um 18.00 Uhr komme ich an! Holst du mich ab? Ich freue mich! Werden wir im Garten arbeiten? Darf ich auf deinem Esel reiten? Haben wir Zeit, in den Wald zu gehen? Ich bringe Eintrittsgeld mit. Was werden wir essen?" Charlotte sprudelt vor Freude. Frau Fritz hält sich lachend die Ohren zu.

"Alles, was wir wollen, werden wir tun. Denke bitte an deinen Schlafanzug. Du hast ihn das letzte Mal mitgenommen. Also, Liebes, bis dann! Ich habe noch eine Menge zu tun!". Sie verabschieden sich, der Monitor kommt zur Ruhe, schaltet sich aus. Nur das kleine Standbylämpchen glüht. Winzig klein und unauffällig.

Der Wald

Frau Fritz senior muß sich nach dem Gespräch mit Charlotte erst noch einmal in Ruhe in den Sessel setzen. Nachdenklich schenkt sie sich ein weiteres Glas Blaubeersaft ein. Eines Tages beiße ich sowieso ins Gras, ob nun vom Blaubeersaft oder sonstwie, denkt sie im Stillen grimmig. Immer wieder stellt sie fest, daß sie trotz ihres fortgeschrittenen Alters inneren Aufruhr, Zorn und selbstgerechten Eigensinn - so nennt sie die Dinge für sich - bei weitem nicht überwunden hat.

Eintrittsgeld für den Wald! Gedanklich spuckt die das Wort Eintrittsgeld aus, rotzt es wie manche Männer, die sie sieht, auf die Straße und steigt abfällig darüber hinweg. Vertrauter Druck und Schmerz bildet sich in ihrem Brustkorb. Nein, das ist und wird kein Herzanfall. Ihr Brustbein ist wie ein Stock, über den sie sich nicht beugen kann.

Trauer, ja Trauer ist es. Die Wälder! Die schönen, weiten, grünen Wälder mit Lichtungen, Bergen und Hütten. Mit Sonnenlicht, schelmisch sommerlichem Gefunkel, wenn kleine Staubkörnchen in der Luft tanzen. Säuselnde Stimmen, leise raschelndes Laub, wenn der Wind zart hindurch streicht. Die endlosen Wege, 'mal mit Wurzelwerk, 'mal mit Schotter. Raubvögel, die mit ausgebreiteten Schwingen über die Wipfel gleiten und der Eichelhäher, der jeden Spaziergänger anmeckert.

Die Stille. Die Muße. Die wunderbare Luft. Und natürlich die Lebewesen! Wie oft hatte sie früher vor einer pelzigen Raupe still gestanden, früh morgens oder in der Dämmerung auf Rehe und Wildschweine gewartet. Im Herbst den röhrenden Brunftschreien der Hirsche und dem trockenen Klacken kämpfender Geweihe gelauscht. Sich zufrieden in der Sonne auf einer Lichtung ausgestreckt, unzählige Hügel erklommen, hunderte von Kilometern erwandert, sich die Seele frei gelaufen, den Geist gereinigt und manchmal sogar gesungen.

Zu allen Jahreszeiten dem Leben des Waldes gelauscht, von der Natur gelernt, sich von ihrer selbstverständlichen Weisheit trösten und behüten lassen. Der Wald und die Bäume waren ihre Freunde, die Natur nahm sie immer, in jeder Lebenslage entgegen. War sie glücklich, wanderte sie stürmisch und übermütig. War sie verlassen, schwermütig und zornig, wanderte sie so lange schweren Schrittes, bis sie wieder übermütig werden konnte. Stets war sie willkommen.

Im Herbst dankte sie den Bäumen für deren Früchte, die sie glücklich wie ein Kind im Übermaß erntete.

Frau Fritz merkt nicht, wie eine stille Träne ihre Wange hinunterrinnt. So sehr ist sie in ihre Gedanken versunken. Na ja, viel Scheiß, Intoleranz, Dummheit und all das hat es früher gegeben. Fraglos. Aber die Wälder waren zu allen Zeiten für alle Menschen da. Die Wälder, die eine der wichtigsten Grundlagen für das Leben auf der Welt bilden. Die lange schon vor dem Menschen da waren und sich roden und kultivieren ließen, damit der Mensch seine Vergünstigungen daraus ziehen konnte. Wälder, die wie ein großes Grab wieder lückenlos zusammenwachsen würden, wenn eines Tages keine Menschen mehr sind. Wer weiß.

Die Wälder gehörten allen Menschen. Vor allen Dingen verstanden sie alles Glück und alle Kümmernisse in allen Sprachen:

Russisch, Türkisch, Japanisch, Englisch, Deutsch und die anderen. Alle konnten sprechen. Kinder, Greise, Reiche und Arme. Kranke Menschen und solche, die nicht mehr lange zu leben hatten. Liebespaare, die allein sein wollten und Menschen, die einsam waren. Natürlich, Räuber gab es auch. Das war jedoch noch länger her. Heute sind die Räuber im Internet, im Fernsehen, in der Stadt und in der Geisteshaltung, die sich im Staat herausgebildet hat.

Die Wälder waren frei. Und jederzeit frei zugänglich. Kleinere Waldstücke waren privat, die allermeisten großen Flächen gehörten dem damaligen Staat - also allen Menschen.

Heute waren sie alle privat. Und eingezäunt. Mit elektrischen, stabilen Zäunen. Holz ist zu einem sehr besonderen Gut geworden und schweineteuer. Brennholz auch. Kein Fitzelchen darf geklaut werden. Das wenige übriggebliebene Wild wird besonders geschützt. Forstarbeiten und Naturschutz ist kostspielig geworden. Auch die Jagd wird an Privatpersonen teuer verkauft. Der neue Staat, von dem Politiker mit dem Plan regiert, brauchte sein Geld anderweitig. Das hatte zur Folge, daß alle staatlichen Wälder verkauft wurden. Entweder an stinkreiche Privatpersonen, Vereine oder Firmen. Immerhin hatten sich alle Besitzer zu einer Verwaltung zusammengeschlossen - Wirtschaftlichkeit stand an erster Stelle - und sich mit den Eintrittspreisen geeinigt. Bezahlt wird pro Stunde. Für jedes Revier der gleiche Preis. Das System ist einfach: Beim Betreten des Waldes scannt man sich ein, beim Verlassen wieder aus. Auf dem glänzenden Monitor des Kassenautomates erscheint der zu zahlende Betrag. Rechnungen werden keine erstellt. Gelaufen wird nur auf extra ausgezeichneten Wegen. Wer sich verlaufen oder das Tempo seiner Schritte falsch eingeschätzt hat, wird besonders zur Kasse gebeten. Zeit ist Geld.

Diejenigen, die tagsüber Zeit zum Wandern haben, besitzen nicht unbedingt das nötige Kapital. Nicht nur die gut abgesicherten Rentnerinnen und Rentner von früher, die heute ehrenamtlich in allen möglichen Ämtern und Aufgaben eingesetzt sind, könnten die Zeit haben. Und das Geld. Immer mehr Menschen sind verarmt, beschäftigungslos, ausbildungslos, nutzlos. Oder auch krank. Ihnen würden die heilenden Kräfte der Wälder gut tun. Hier ist Zeit das Geld, was man nicht hat.

Biologische oder geologische Exkursionen der Schulen sind teuer.

Trotzdem, Frau Fritz senior würde das Geld für die Eintrittskarten locker machen. In den Wald würden sie am Wochenende auf jeden Fall gehen!

Pommes

Pommes ist heute aus der Schule ziemlich erschossen mit dem Shuttlebus nach Hause gefahren. Daß Charlotte krank ist, erlebt er selten. Auf ihn hatte sie müde und übellaunig gewirkt. Zickenkram, hatte er im Stillen gedacht. Immerhin konnte er ihr von den Nachrichten, die ihn so irritiert haben, berichten. In Windeseile zieht er sich um. Der Tag ist warm und er fühlt sich schmutzig. Dieser blöde ÜbadrüSch hat Sommers wie Winters den gleichen Stoff. Entweder zieht man etwas Warmes drunter oder man lässt es.

Im Spiegel des kleinen Badezimmers inspiziert er kritisch seine Oberlippe. Spannt und zieht sie, um ja kein einzelnes winzigkleines Barthaar zu versäumen. Verstimmt beäugt er seinen mageren Oberkörper. Sehnig ist er schon, aber Muskeln? Der Spiegel ist zu klein, um den ganzen Körper zu betrachten. Pommes dreht sich zur Seite, um den Rücken wenigstens zu sehen und zu gucken, ob sich die verdammten Pickel, die sich auf der Stirn unter seinen dunklen Locken bilden, auch dort ansiedeln.

"Wie lange brauchst du noch?" Die ungehaltene Stimme seiner Mutter reißt ihn aus seinen Gedankengängen. Allein schon ihr Ton signalisiert einen ungemütlichen Abend. Immer hatte sie etwas zu stänkern! Wortlos schaltet er das Radio ein und dreht den Schlüssel im Schloß um. Seine Ohren schaltet er auf Durchzug. Nie hat man seine Ruhe, den ganzen Tag wird man behämmert! Unwirsch schmeißt er seine Socken in die Ecke. Dreht das Radio lauter.

Wäre sein Vater doch nur da! Aber nein, der hat ständig berufliche Termine. Eigentlich leben seine Eltern getrennt. Außer Pommes und den beiden weiß es niemand. Nach außen hin spielen sie 'Heile Familie', um Kredite und Steuergelder einzuheimsen und den Leuten etwas vorzumachen. Pommes hat sie entlarvt.

Zuhause haben sie getrennte Zimmer, feste Zeiten in Bad und Küche. Jedes Elternteil nennt ein Arbeitszimmer sein eigen und Pommes hat seines. Zuhause sprechen sie sich Memos auf, schicken sich Emails, um nicht direkt miteinander sprechen zu müssen. Treffen sie sich, sehen sie sich nicht in die Augen, weichen sich aus. Für den gemeinsamen Sohn Paul sind Sprechzeiten eingerichtet. Terminlich gebunden, je nach den Arbeitszeiten seiner Eltern.

Nur wenn sie sich streiten, sprechen sie. Sprechen kann man es eigentlich nicht nennen; sie sticheln, zischeln und brüllen. Wenn wieder eine Mail, oder eine Urkunde vom Anwalt gekommen ist. Pommes machen sie nichts vor. Vor jedem Streit, wenn die Wut hochkocht, schließen sie Fenster und Türen. Niemand soll sie hören.

Um das gemeinsame Haus geht es, weiß Pommes. Um das Haus, um das Erbe, um den gesellschaftlichen Einfluß und das Ansehen. Seit Jahren prozessieren sie mit sich selbst um die Anteile am Haus. Wem mehr gehört. Wer mehr investiert hat. Darum, festzustellen, wer den anderen wie an der Nase herumgeführt hat. So lange das nicht geklärt ist, können sie nicht räumlich auseinandergehen. Die Abschreibung ist günstiger, so lange man zusammenlebt. Die Einkünfte auch. Schließlich kommt man als allein lebender Mensch in eine andere Steuerklasse und kriegt im Geldbeutel oder auf dem Konto weniger 'raus als vorher.

Pommes gehen diese unaufhörlichen Diskussionen ehrlich gesagt gewaltig auf den Sack. Mein Haus, mein Geld. Und sie rechnen. Mein Gott, wie sie rechnen. Was wer zu erben hat, wenn die Großeltern sterben und wie man damit das Haus bezahlt, vielleicht noch versteckte Gelder anlegen wird. Irgendwie. Oh, sie wollen reich sein. Und in Sicherheit.

Sie konkurrieren mit ihren Jobs. Wer mehr zu sagen hat, mehr Leistung bringt, sich sinnvoller qualifiziert, mehr verdient.

Sie wissen nicht, wohin mit sich und ihrer Liebe. Wenn sie sich nicht hassen könnten, wäre das wohl ganz schlimm.

Und sie sind mit all diesen Dingen, die sie nicht loslassen können, voneinander abhängig. Das ärgert sie erst recht. Pommes Vater hat sich in der Öffentlichkeit einen Namen gemacht. Nicht nur einen freundlichen. Als Jurist bedroht er andere mit Klagen. Für Pommes' Mutter, die nebenberuflich noch in Ehrenämtern engagiert ist, ist das gut. Einen einflußreichen Mann zu haben, vor dem man sich fürchten kann.

Einfluß, Geltung und Geld. Ein vorbildlich erzogenes und gebildetes Kind, das später die Mängel der Eltern ausgleichen soll, all das ist enorm wichtig. Nur er weiß aus alten Erzählungen, daß sein Vater nur mit Mühe durchs Abitur und sein ungeliebtes Jurastudium gekommen ist. Auf Wunsch seiner Eltern hat er das gemacht, um sich als ihr Sohn würdig zu erweisen. Schließlich hatte man dort keine Dummen im Haus. Wäre es heute noch möglich, wäre er lieber Handwerker oder Künstler geworden, hätte abends zufrieden das Werk seiner Hände begutachtet.

Seine Mutter ist als Ärztin zweimal durchs Physikum gebrummt, hat mit Mühe ihre Ausbildung als Praktische Ärztin abgeschlossen und es nie zu einer eigenen Praxis gebracht. Sie führt keinen Doktortitel. Trotzdem rennt sie ihrem Erfolg hinterher. Mit ihrer Halbtagsstelle, mehr war seinerzeit nicht zu bekommen, erschuftet sie massenhaft Überstunden, um sich unentbehrlich zu machen. Sie ist zweifellos unfehlbar. Qualifiziert, unfehlbar und unbedingt gebraucht. Die Zeiten nach Feierabend füllt sie mit endlosem Lesen und Studieren aktueller Fachliteratur. Damit sie alles weiß und zu jedem fachlichen Thema eine fundierte Meinung abgeben kann.

Für Pommes, der sich wunschgerecht nach einem festen Plan und vor allen Dingen nach den Vorstellungen seiner Mutter entwickeln soll, ist keine Zeit. Nur zum Kontrollieren, zum Anheizen, zum Kritisieren und zum Aussprechen von Tadel und Kritik. Als Baby war er lästig, weil er so viel Zuwendung und Aufmerksamkeit brauchte. Mit einem Jahr kam er in die Kinderkrippe und hat bis heute die ganztägige Öffentliche Erziehung nicht verlassen.

Seine unfehlbare Mutter, die alles weiß und zu allem auch ungefragt ihren Senf dazugibt, hat natürlich für andere Menschen detaillierte Ratschläge, wie diese mit ihren Frauen und Männern umzugehen haben. Wie man's macht, daß alles klappt. Deshalb ist es ihr als geschiedener Frau überhaupt nicht Recht, wenn ihre zweite ruinierte Ehe ans Tageslicht kommt.

Pommes ödet das an. Meckern, meckern, meckern. Hat er Lust auf Fernsehen, Theaterstücke und körperliche Arbeit, sind das die schlechten Gene seines Vaters. Wenn er großes Pech hat, fragt sie ihn abends nach seinen Leistungen in der Schule aus, brummt ihm noch mehr Aufgaben auf, als er sowieso schon tagsüber zu leisten hat.

Sie mit Unwahrheiten oder Ausflüchten abzuspeisen, hat keinen Sinn. Die Schule schickt einen monatlichen Leistungsnachweis inklusive Beurteilung und wahrscheinlicher Tendenz der weiteren Entwicklung per Mail auf den Plasmabildschirm.

Bildung ist das wichtigste auf der Welt! Damit kannst du bestehen und jemand sein!

Seine Mutter trommelt an die Badezimmertür. "Was machst du da drin, wie lange soll das noch dauern?" Er dreht den Lautstärkeregler des Radios etwas nach unten. Müde sagt er: "Ich pflege mich nur, bin gleich fertig." Mehr nicht. Soll sie ihn doch in Ruhe lassen.

In mancher Hinsicht ist der Spiegel sein Freund. Was sagt er immer über seine Augen? Sie sind von beiden Eltern, von jedem eines, damit er die Vor- und Nachteile einer Situation sehen kann. Na ja, sein Vorteil ist, er wird größer und älter. Und er lernt. Vielleicht kann er seine Eltern beruflich überflügeln. Mit allem was er gelernt hat, sich die besten Chancen aussuchen. Reich werden. Und ausziehen. Sobald er kann, wird er ausziehen.

Paul studiert sein Gesicht. Eigentlich sieht er nicht übel aus. Er hat schon Ähnlichkeit mit seinen Eltern. Das muß er zugeben. Vor allen Dingen um die Augen. Seine prachtvollen dunklen Locken jedoch gehören nur ihm allein. Sie sind mit dem Schnittlauchhaar seiner Mutter und dem blassen Blond seines Vaters nicht zu vergleichen. Auch wo er die unheimlich vielen Sommersprossen her hat, ist bis heute ungeklärt.

Ich bin ich, flüstert er leise, steigt in die Duschwanne und dreht den Hahn auf, damit seine Mutter, die bestimmt das Ohr an der Türe hat, ihm später nicht vorwerfen kann, er habe sonstwas getan. Pommes duscht. Heiß und lange.

Später würde er ins das Arbeitszimmer seines Vaters schleichen und sich still neben ihn vor das Fernsehgerät setzen. Ab und zu würden sie einvernehmliche Sätze flüstern. Von Mann zu Mann. Und sich in Ruhe lassen.

So, die schmutzige Wäsche wandert in den Container; das nasse Handtuch um die Hüften geschlungen, schneidet sich Pommes die Fußnägel und fönt sein Haar. Immerhin hat er es vor einem Jahr durchgesetzt, daß seine Mutter mit ihrer peniblen Kontrolle - ob er nun gewaschen ist und auch ordentlich - aufhört. Er hat diskutiert, geschrien, getobt und geheult. So viel war nötig, um hier die Grenze zu ziehen.

Pommes. Nur sein Vater nennt ihn zuhause so. Wenn sie unter sich sind. Mutter besteht streng auf Paul, weil sie Spitznamen verurteilt. So etwas versaut die Kultur. Meint sie.

"Ich gehe in mein Zimmer!" Pommes lässt die Badezimmertür sperrangelweit offen, damit seine Mutter die Beweisdämpfe sehen kann. Und natürlich, daß alles aufgeräumt und wieder am Platz ist. Sofort kommt sie aus ihrem Zimmer um die Ecke geschossen.

Kurzes, strähniges, meliertes Haar, dicke Hornbrille, bleiche Haut, mißgünstiger Gesichtsausdruck, Jeans, alte gelbe Bluse, lauernder Blick aus dunkelbraunen Augen. Das ist seine Mutter. Mit anderen Menschen sieht er sie falsch lachen. In seltenen Fällen sogar auch 'mal herzlich. Zuhause lacht sie nie. Die Welt ist voller Betrüger. Das ist ihr Wahlspruch. Sie muß auf Zack sein, unheimlich auf Zack, damit sie jedem Betrüger zuvorkommt und ihn entlarvt, bevor er ihr schadet.

Ihr macht keiner etwas vor. Auch nicht der eigene Sohn. Mit scharfem Blick schaut sie ihn an. "Hast du noch etwas zu tun?", mit einem befehlenden Unterton schießt sie die Frage ab. "Ich will noch für die Schule einige Dinge recherchieren, Nachrichten im Internet abchecken. Man muß ja schließlich wissen, was läuft".

Er lächelt sie versuchsweise an. In der Öffentlichkeit wünscht sie ihm im Beisein anderer Eltern 'Alles Gute und viel Erfolg', wenn er im Schulchor singt. In der Öffentlichkeit. Früher hat er sich häufiger eine Umarmung von ihr gewünscht, heute gruselt er sich allein bei der Vorstellung einer Berührung. In ihrer Funktion als Schulelternbeirätin hatte sie sich mit ihm gemeinsam fotografieren lassen. Damit die anderen Eltern sie kennen lernen und wissen, welcher Sohn zu ihr gehört.

Pommes kann sich genau daran erinnern. Verkrampft und unsicher mußte er auf ihrem Schoß sitzen, ganz nah, so nah an ihrem strengen Körper. Und dann mußten sie lächeln. Wegen der Harmonie.

Trotz frotzeliger Worte wie 'Affenscheiße', 'Spaghettigemüse' und 'Ameisenhai' zogen sie nur die Lippen rechts und links auseinander, um die Zähne zu zeigen. Obwohl sich die Fotografin, eine junge Designstudentin bemühte, locker und witzig zu sein, hätte seine Mutter das Wort 'Affenscheiße' nicht einmal im Traum gedacht.

"Ein bißchen trainieren muß ich auch noch, damit ich in Sport eine bessere Note erziele. Man tut, was man kann". Er hat sich dazu erzogen, ihrem Blick standzuhalten. Egal, was er denkt. Manchmal läßt er ein Spruchband durch seinen Geist ziehen. 'Ich bin der König vom Niemandsland' steht da drauf. Irgendwann hat er festgestellt, daß ausgerechnet dieser Satz eine wunderbare Grundlage für ein unscheinbares Gesicht ist. Seine Mutter nickt. Offenbar hat er die Prüfung des Abends bestanden.

In seinem Zimmer angekommen, schließt er leise die Tür und lehnt sich an. Endlich allein. Manchmal tut sie ihm fast leid. Meistens nervt sie. Er seufzt. Hätte er wenigstens einen Bruder. Oder ein Schwester, Ganz egal. Eine hübsche Schwester, auf die er stolz sein könnte. Ja, Charlotte. Pommes lächelt fein. Sie ist zwar nicht seine Schwester, aber hübsch. Jungens und Mädchen schwimmen getrennt. Deswegen kann er ihre Beine nicht sehen. Wenigstens in ihren Jeans kann er vermuten, daß sie auch hübsche Beine hat. Vielleicht würde er sie anrufen. Schließlich sind sie seit der Kindergartenzeit, auch wenn Charlotte wie viele andere erst mit drei Jahren gekommen ist, Vertraute.

Pommes hat nicht viel mit Mädchen zu tun. Jüngere himmeln ihn von ferne manchmal an. Wenige unter ihnen können seinen Blick mit ihrem Gesicht anziehen. Schnittlauchhaarige wie seine Mutter sind von vorne herein out. Mädels mit braunen Augen auch. Das blöde Gekicher und Gegiggel geht ihm auf den Keks. Aber Charlotte ist okay.

Pommes steppt auf der Stelle, schwenkt seine Arme, lockert sich. Sein Atem geht gleichmäßig. Aufwärmen, stretchen, Muskeltraining.

Weil seine Eltern ein eigenes Haus haben, hat auch er genügend Platz. Sein Zimmer ist nicht so winzig wie das Charlottes. Neben der üblichen Einrichtung, die man als Jugendlicher so braucht, hat er eine eigene Fitnessecke. Hometrainer, Laufband, Pull Down, Bauchtrainer, Springseile, Sandsack. Einmal wöchentlich, meistens samstags, erhält er von seiner Mutter vier Euro, um eine Stunde durch den Wald zu rennen. Frische Luft braucht der Mensch, meint sie. Die Ouittung gibt er hinterher immer ab.

Heute hat er nach dem Warm-Up Lust auf den Sandsack. Eins, zwei, Schritt und Schritt und Schritt, denk' an deine Beinarbeit, sei flink, rechter Haken, linker Haken, Deckung und voll drauf. Pommes tänzelt und drippelt, der Gegner soll ihn nicht erwischen. Junge, nimm' den Kopf zwischen die Schultern, Deckung, ausweichen, Angriff und voll drauf! Pommes kämpft. Und drischt.

Mit Boxhandschuhen, Schweißband um die gelockte Stirn und Zahnschutz tänzelt er mit zusammengepreßten Lippen um den Sandsack herum. Der Schweiß trieft. Ich blödes Arschloch habe geduscht! Na ja, auch egal. Mit dem Handtuch wische ich mich ab, wenn ich aus dem Ring steige. Das Publikum applaudiert und johlt. Feuert ihn an. Skandiert: Pommes, Pommes! Paul ist in seinem Element. Leider kann er wegen des Sandsacks seine Augen nicht schließen, um die aufsteigenden Bilder besser loszuwerden.

Mach' die Augen zu und du kriegst aufs Maul. Das war einer der Lehrsätze, die sich ihm beim Versuch des Augenschließens wie von selbst eingebleut haben. Der Sandsack, dem er mit voller Wucht eine verpaßt hatte, war ihm damals dermaßen an die Kinnlade gekracht, daß ihm Hören und Sehen vergangen war. Außerdem hatte er sich so doof auf die Zunge gebissen, daß sie beinahe genäht werden mußte. Den hämischen Kommentar seiner Mutter hört er heute noch. Dabei hatte er noch nicht einmal geweint. Und er hätte allen Grund gehabt.

Also hält er sie aus. Die Bilder. Starrt mit offenen Augen auf den Sandsack und drischt los. Seine Mutter. Oh Gott. Rechter Haken. K.o.. Schon wieder seine Mutter. Du lieber Himmel, ist die widerstandsfähig. Linker Haken. Knock out. Justus von Schreyhammer, fettes Schwein von Rektor. Volle Kanne auf die Nase! Rechter Haken, linker Haken. Sieg durch k.o.. Grinsendes Gesicht. Strähniges Haar. Abfälliges Lächeln. Seine Mutter! Hört das denn nie auf? Linker Haken, rechter Haken, linker Haken, Deckung! Rechter Haken - K.O.

Pommes kämpft schweißüberströmt immer schneller. Bis sein Pulsmesser Alarm schlägt. Gut jetzt! Aufhören! Pommes lässt die Arme hängen, rotiert in den Schultern, schlenkert seine Beine locker aus, verlangsamt seine Atmung.

Mit langsamen Bewegungen zieht er seine Sportutensilien aus, trocknet sich ab, trinkt sein isotonisches Wasser, läßt sich erschöpft und immer noch schwach keuchend auf sein Bett fallen. Auf den Rücken, die langen Beine streckt er aus. Pommes starrt an die Decke. Nach solchen Torturen fühlt er sich entspannter als vorher. Anfangs hatte er wegen der Bilder ein enorm schlechtes Gewissen. Wie gesagt, Augen schließen ist nicht.

Es ist wie mit Märchen. Fiel ihm irgendwann ein. Das passieren auch furchtbare Dinge, aber es sind nur Bilder, die die Menschen zum Nachdenken anregen sollen. Alles nur Fantasie. In Wirklichkeit geschieht nichts. Gar nichts. Außerdem bekam er sie nicht weg. Wie von selbst stiegen sie immer und immer wieder auf.

Das sind Bilder, die mich zum Nachdenken anregen sollen. In Wirklichkeit passiert meiner Mutter nichts. Aber mir, dachte er verzweifelt. Was passiert mit mir, wenn ich solche Bilder sehen muß? Das Nachdenken darüber schob er auf und drosch zu. Es war wie Medizin. Die Entspannung hinterher gab ihm Recht.

Nach einer kurzen Pause schaltet er sein Laptop ein. Das mit den Nachrichten hat noch Zeit. Viele Provider sind von seiner Mutter sowieso blockiert, damit er nicht auf falsche Seiten gerät. Egal, jetzt liest er erst einmal in aller Ruhe die Comics, die ihm sein Vater in einem verständnisinnigen Moment unter Männern aus dem Netz gezogen und überspielt hat.

Zwischenspiel

Nachdem Charlotte das Gespräch mit ihrer Großmutter beendet hatte und sich recht erfolgreich vorkam, die Tattoos noch einmal begutachtete und sich gerade wieder gemütlich im Bett niederließ, klopfte es zaghaft an ihre Zimmertür. "Charlottchen?" Die Stimme ihrer Mutter begleitete das Klopfen. Es war immer mit dem Knöchel des rechten Zeigefingers. Zaghaft und doch entschieden. Sie würde nicht aufhören zu klopfen, bis jemand Herein! rufen würde. 'Charlottchen' wurde nicht mehr gerne so genannt. So klein war sie nun auch nicht mehr. Aber sie mochte den Tonfall.

"Komm' rein!" Mit bis zum Kinn hochgezogener Decke erwartete sie ihre Mutter. Ein Besuch von ihr im Zimmer war ziemlich unüblich. An normalen Schultagen, wenn sie erst um 20.15 Uhr müde zu Hause ankam, war endgültig Sendeschluß, wenn sie später im Schlafanzug zur Nachtruhe im Bett verschwand. Da kam niemand mehr. Ihre Eltern waren froh, wenn der lange Arbeitstag ausklang, wenn überhaupt beide gemeinsam im Wohnzimmer sitzen und zusammen ausspannen konnten.

Charlottes Zimmertür öffnete sich langsam, wie von Geisterhand.

Das erste, was überhaupt zu sehen war, war unten ein tastender Fuß, schwarzer Socken, oben der Rand von Mutters Lieblingstablett mit einem Topf darauf. Neben dem Topf balancierten zwei Teller, in denen Besteck klapperte. Die ganze Angelegenheit schien recht wackelig. Mutters Schultern schoben sich schief hinterher, ihr linkes Bein wand sich nach einem Standort suchend um die Türe herum, ihre linke Hand schwenkte eine kleine Backform.

Charlotte begutachtete diesen Vorgang mit belustigtem Interesse. Das sah eindeutig nach Essen aus. Sie war sich ihres augenblicklichen Vorteiles sehr bewußt. Sie war zwölf. Ein Alter, in dem man als erkrankte Person nicht mehr auf der Krankenstation der Schule liegen und warten mußte, bis es Abend wurde und endlich der Shuttlebus kam, um einen nach Hause zu fahren. Kinder, die noch Betreuung und Aufsicht brauchten, hatten nicht die Möglichkeit, zumindest nicht bei berufstätigen Eltern, daheim in der Kiste zu liegen.

Ihre Eltern hatten unterschrieben. Sie hielten ihre Tochter für alt und vertrauenswürdig genug, um in seltenen Fällen plötzlicher Erkrankung, mit dem Wohnungsschlüssel selbst aufzuschließen und einfach heim zu kommen. Außerdem saß Frau Fritz im Home Office.

Natürlich gab es andere Eltern, die ihre Kinder, auch wenn sie schon zwölf waren, auf der Krankenstation der Schule besser aufgehoben fanden. Das waren Pechvögel, fand Charlotte. Wenn es ganz schlimm war, wurde man sowieso ins Krankenhaus eingeliefert. Na ja. "Ich habe uns etwas gekocht", informierte Frau Fritz ihre Tochter. Leicht atemlos schlüpfte sie mit ihrer wackeligen Konstruktion ins Zimmer, stellte das Tablett und die Backform auf dem Nachtisch neben dem Bett ab. Charlotte schnupperte. Hmm, das roch nach Suppe. Und Kuchen.

Komisch, während sie mit ihrer Großmutter telefonierte und lachte, hatte sie keine Essensgerüche wahrgenommen. Ihr Magen regte sich hungrig. Der Tag und die davor liegende Nacht waren halt doch sehr lange gewesen.

Frau Fritz setzte sich wie früher auf den Bettrand, lächelte ihre Tochter an und nahm ihre Hand. Müde, freundliche Augen blinzelten hinter der Brille zwischen den feinen Fältchen rechts und links im Gesicht vor. "Na, wie geht es dir? Ich muß doch einmal nach meinem kranken Mädchen sehen." Mit der anderen Hand strich sie ihr über die Stirn. Charlotte fand, das tat gut. Frau Fritz atmete schwer aus. "Wir haben so wenig Zeit, nicht wahr?" Charlotte brummelte etwas Unverständliches. "Eigentlich ist es schön, dich 'mal so früh zuhause zu wissen. Auch wenn es dir nicht gut geht. Du siehst immer noch blaß aus. Magst du mit mir etwas essen?" Die Frage kam fast schüchtern, sie kannten sich nicht so gut.

Charlotte hatte die Arme gemütlich unter dem Nacken verschränkt und sah ihrer Mutter in Ruhe in die Augen. Ihre Mutter, die gestreßt und flink wie eine Maus in der Wohnung umherhuschte und sich bemühte, ihre vollen Arbeitspläne einzuhalten. Jede Arbeitsminute wurde gescannt. Ihre Auftraggeber wußten genau, wie viel Zeit sie für welche Arbeit brauchte, ob sie einen Toilettengang einlegte - zwei pro Tag galten als Arbeitszeit, der Rest war Privatvergnügen - oder sogar ein privates Telefonat führte.

Zielvereinbarungen zeigten klar an, wie viele und welche Aufgaben in einem bestimmten Zeitraum erledigt werden mußten. War sie schneller, konnte sie so genannte Bonusminuten erwirtschaften. Bonusminuten, die ihr monatliches Gehalt um ein geringes anwachsen ließen. Der Nachteil allerdings war, so sah Charlotte sehr nüchtern, daß man ihr sofort mehr Arbeit aufpackte. Anhand der Bonusminuten schließlich hatte sie bewiesen, daß arbeitsmäßig noch etwas drin war. Eine Falle, aus der man nicht so ohne weiteres wieder herauskam.

Charlotte war einerseits froh, sie an ihrem Bett zu sehen. Andererseits regte sich so etwas wie ein schlechtes Gewissen. Sicherlich hatte sie private Zeit genommen. Zeit, die unter Umständen die Erfüllung ihrer Zielvereinbarung gefährdete.

Sie drehte sich um, richtete den Oberkörper etwas auf und stützte ihre Wange in die rechte Hand. Frau Fritz lüftete den Topfdeckel. Wunderbare Düfte schwebten wie ein Dschinn aus der Flasche heraus. Charlotte saß blitzartig senkrecht. Mit eifrigem Gesicht lugte sie in den heißen Topf. Hühnersuppe! "Deine Lieblingssuppe, nicht war?" Frau Fritz lächelte stolz. "Habe ich uns einfach gekocht. Das bißchen Privatzeit hänge ich heute Abend wieder dran". Mit lässiger Handbewegung winkte sie ab. "Manchmal im Leben muß man sich für wichtige Dinge entscheiden. Jetzt sind wir wichtig. Schließlich sind wir ja nicht leichtsinnig. Komm!"

Frau Fritz schöpfte die heiße Suppe in die Teller. Hmm, mit richtigen Fleischbrocken, etwas buntem Gemüse, breiten Nudeln und obendrauf haufenweise frischer Petersilie. Charlotte fühlte sich regelrecht glücklich. "Eine gute Idee", nuschelte sie mit vollem Mund. Auch Frau Fritz sah nicht unfroh aus, nein, im Gegenteil. Zufrieden saßen sie beieinander und löffelten einen Teller nach dem anderen aus. Puh! Scheinbar ausgehungert und nun gerettet strahlten sie sich an, stellten einvernehmlich ihre Teller zusammen und wandten sich dem kleinen Blech zu.

Charlotte beugte sich interessiert darüber. Ihr Schnüffelstempel bewegte sich ganz vorne im Knorpel hin und her. Eine Eigenschaft, die sie als einzige in der Familie auszeichnete.

"Kirschmichel!" Triumphierend drehte Frau Fritz das Blech um und stürzte das kleine Ding auf ein mitgebrachtes Holzbrett, schnitt den Kuchen entschlossen in zwei Hälften. Eine für Charlotte, eine für sie.

"Zugegebenermaßen etwas klein geraten, wegen des Zuckers und der Kalorien. Aber dafür mit Dinkelmehl und gesunden Nüssen. Laß' es dir schmecken!" Charlotte fühlte sich so wohl wie schon lange nicht mehr in ihrem Leben.

Ein Tag voller Überraschungen! Erst die wundersame Begegnung mit Elsie Knopp und nun das! Wie schön! "Mann, bin ich vollgefressen!" Charlotte rollte sich zufrieden zusammen. "Du Mami, es geht mir schon besser. Wann hast du das alles gemacht?" "Och", Frau Fritz grinst. "Die Hühnersuppe war noch tiefgefroren und den Kuchen habe ich rasch zusammengerührt. Du kamst mir so elend und mickrig vor, daß ich gerne etwas für dich tun wollte. Ach was!" Frau Fritz drehte rasch den Kopf in Richtung Plasmamonitor. Das Telefonsignal war angesprungen. Eins, zwei, drei... Wo war der Sensor? Charlotte hängte rasch ihr langes Haar unters Bett und richtig! Unter dem zusammengewürfelten Krimskrams lag das Eierding. Der Server wußte genau, welcher Anschluß in welchen Raum und zu welcher Person gehörte. Das hier war eindeutig Charlottes.

Frau Fritz packte ihre Siebensachen zusammen, ihre Tochter rief ihr ein eiliges 'Dankeschön!' hinterher und im nächsten Moment erhaschte sie beim Rausgehen Pommes verschwitztes Gesicht.

"Hey Charlotte," interessiert schaute er Frau Fritz nach, die mit dem Tablett aus dem Zimmer gegangen war. "Was habt ihr gemacht?" "Du wirst es nicht glauben," flüsterte Charlotte freudig, "meine Mutter hat für uns gekocht! Wir haben zusammen gegessen, es war echt gemütlich!" Pommes nickte nachdenklich. Ja, schön für Charlotte. Er hingegen war froh, seine Mutter nicht so nah um sich herum ertragen zu müssen. Sein braunes Auge verschattete sich, während sein blaues immer noch leuchtete. Charlotte starrte, fasziniert wie immer, dieses Farbenspiel an. "Wie geht's dir?" kurz, bündig und rauh stellte Pommes seine Frage. Lange Reden sind momentan nicht sein Metier. Aha, Charlotte erzählte ihm in raschen Worten den Tag. Ihr Geheimnis mit Elsie Knopp jedoch behielt sie vorerst für sich.

"Hör' zu!" Pommes hatte nach dem heimlichen Lesen spannender Comics doch noch Nachrichten im Internet gelesen und dabei herausgefunden, daß demnächst eine Versammlung in der Schule anberaumt war. Eltern, Lehrkräfte und Politiker würden anwesend sein. Die Schlagzeile kündete von 'Raumgreifenden pädagogischen Fortschritten', 'Ultimativer Bildungsbetreuung' und einem 'Enormen Fortschritt für Eltern'. Allzuviel konnte Pommes damit nicht anfangen, weil der Artikel nicht in Details gegangen war. Offensichtlich wollte man Eltern überraschen. Irgendein fortschrittliches Angebot sollte ihnen unterbreitet werden.

"Denke an Leonardo, du weißt doch, der schmale, stille Blonde vom Schulhof heute morgen. Der gesagt hat, wir sollten auch hingehen. Sein Vater ist doch im Stadtrat, irgendetwas weiß der". Pommes runzelt die Stirn. "Ich möchte nur 'mal wissen, weshalb so ein Geheimnis darum gemacht wird. Wissen deine Eltern Bescheid?"

Charlotte schüttelte den Kopf. Nö, keine Ahnung. Die Einladung per Email würde wohl noch kommen. Pommes rauhe Stimme ließ sie aufhorchen, sie hatte so einen Unterton. "Ich bin etwas beunruhigt und, ehrlich gesagt, ich mache mir Gedanken". Er schaute sich um, ob er im Zimmer noch alleine war, prüfte die Tools, die es seiner Mutter unmöglich machen sollen, mitzuhören und zu sehen. Außer Hoffnung bleibt ihm generell nicht viel. Sein Vater hatte ihm diese Tools unbemerkt installiert, die technischen Feinheiten jedoch waren für Pommes, wie die Alten in den Geschichtsbüchern sprachen, 'Böhmische Dörfer'.

"Was ist?" Charlotte beugt sich weit vor, um ihrem Freund ganz nah zu sein. Pommes hält die Hand schützend vor den Mund und spricht leise. Beschwörend und eindringlich redet er auf Charlotte ein. Seine Denkergeste streicht die vollen Locken in Richtung Hinterkopf.

"Pädagogische Reformen und Fortschritte und all das Zeug betrifft doch uns, meine ich. Wir sind die Schüler! Die haben sich irgend etwas ausgekocht, was mit uns geschehen soll! Anders kann ich mir das nicht vorstellen. 'Fortschritte für die Eltern'?!? Was soll es da in unserem Schulbetrieb geben? Wir sind den ganzen Tag da, nicht unsere Eltern. Niemand von uns ist zu Hause, damit unsere Eltern ihren Pflichten nachgehen können und wir, oh ja, ich kenne die Vereinbarungen, meine Mutter betet sie mir immer vor, ordentlich gebildet und erzogen werden!" Pfff. Pommes atmet spuckend aus.

"Ich möchte nur wissen, was da noch kommt!" Seine Stimme hastet durch die Sätze. "Wenn Eltern Fortschritte versprochen werden, stimmen die doch zu! Hast du gesehen, daß an den Anbauten gearbeitet wird?"

Charlotte erinnert sich, aus den Augenwinkeln beginnende Bauarbeiten bemerkt zu haben. Geräte und Container standen da. Männer in Arbeitsanzügen liefen hin und her. Einer, das war bestimmt der Architekt, schwenkte in der einen Hand wichtig einen Plan, mit der anderen Hand gestikulierte und orderte er. Stimmt, etwas war im Gange.

Sonst wurde viel Wert auf Öffentlichkeitsarbeit gelegt, Plakate mit Ankündigungen wurden ausgehängt, Homepages aktualisiert und verlinkt, mit Werbespots unterlegt - das ganze mußte schließlich finanziert werden. Verkaufen und Protzen waren an der Tagesordnung. Ihre Schule mußte konkurrenzfähig bleiben. Oh ja, die Gesetze des Marktes waren hart.

Und jetzt hier? Bis auf versteckte Meldungen gab es nichts zu finden. Pommes fand das eindeutig 'ungut'. Es verursachte in ihm ein mulmiges Gefühl im Bauch. So komisch nervös. Wie Flugangst.

"Tja, was könnte das sein?" Charlotte zerbrach sich den Kopf. "Wenn etwas heimlich vorgehen soll, steckt doch entweder eine Überraschung dahinter oder ein Vorhaben, das vielleicht nicht so sauber ist. Hmm, vielleicht wollen sie einfach die Schule erweitern und noch mehr Kinder und Jugendliche aufnehmen?" "Vielleicht bringen sie eine Altenpflegestation dort unter. Alles ist doch denkbar. Dann müssen wir noch leiser sein. Unsere Eltern wüßten dann, Kinder und Großeltern auf einem Fleck untergebracht".

Charlotte schaut ihren Freund skeptisch und zweifelnd an. "Das glaube ich nicht, die Senioren haben doch weitaus mehr Mitspracherecht als wir, die würden sich bedanken. Außerdem habe ich gerade dieser Tage gelesen, daß es regelrechte Pflegestationen so gut wie nicht mehr gibt. Früher war das anders. Pflege kostet wahnsinnig viel Geld. Nein, nein. Entweder leben die Leute daheim, leisten sich einen Pflegedienst oder sie gehen auf eigene Kosten ins Hospiz. Ein Platz im Altenheim wird nicht mehr in Notfällen vom Staat bezahlt, wie früher. Nein, die Leute müssen doch 30 Jahre lang den Seniorencent bezahlen und für die Pflege sparen, wenn das nicht reicht, müssen Kinder und Kindeskinder bezahlen. Deshalb ist es doch so, daß man heute völlig ohne Probleme der Tötung auf Verlangen zustimmen kann. Meine Großmutter hat mir davon erzählt. Nein, mein lieber Pommes", Charlottes Ton wurde etwas belehrend, "da bist du sicherlich auf dem Holzweg".

Sie überlegten hin und her. Fortschritte müßten für die Kinder sein, ganz klar. Die Schule war finanziell klamm, das wußten sie. Also würde Schreyhammer versuchen, alle Ressourcen zu nutzen, Überflüssiges zu verkaufen, Leistungen anzubieten und irgendetwas zu verkaufen, um damit die Einnahmen der Schule zu erhöhen. Hmm, bei den hohen Personalkosten, die bald zwei Drittel des Budgets verschlangen, konnten sie sich einen Ausbau der Schule nicht vorstellen. Das würde ja noch mehr Personal fordern. Und mehr Einsatz für die Sicherheitsdienste.

Nee, das war es wohl nicht. Vielleicht Extraleistungen für die Kinder? Einen Minizoo für den Biologieunterricht? Für Zoologie und Anatomie? Wow, das wäre klasse! Eine echte Alternative! Und das vor Ort! Dafür würden die Eltern sicherlich gerne bezahlen.

Pommes zweifelt auch hier. So ein Zoo, egal wie mini, kostet Geld. Die Tiere müssen fressen, sie müssen gepflegt werden, erkranken, müssen zum Arzt und so weiter. Mit Eintrittsgeldern könnte man das ja vielleicht regulieren und, vielleicht, kostendeckend arbeiten. Aber es geht doch um den Gewinn! Wo um alles in der Welt soll der herkommen? Baut man einen Zoo auf, muß erst gewaltig investiert werden. Entweder aus Erspartem, über Sponsoren oder Kredite. Wie Pommes den alten Streithammel einschätzte, war die Lage so bedenklich, daß alles ausschied.

Charlotte grinste ihren Freund spöttisch an. Was er denn meine, Baugelder, die man brauchte, um etwas umzubauen, müßten doch auch irgendwo her kommen. Justus von Schreyhammer würde das sicherlich nicht aus eigener Tasche bezahlen. Pommes gab nicht auf. "Vielleicht frage ich Leonardo, ob sein Vater etwas weiß. Vielleicht gibt es ja irgendwelche Zuschüsse oder so."

Besagte Versammlung war nächste Woche Donnerstag um 20.00 Uhr in der Aula der Schule. Ob denn Charlotte nicht mit ihm hingehen wolle? Vielleicht könnten sie ihre Eltern oder wenigstens einen Elternteil dazu überreden, sie mitzunehmen.

Oh, Charlotte war nun doch ziemlich angenervt. Im Grunde ihres Herzens war es ihr egal, was da geschehen sollte. Sie fühlte sich nicht betroffen. Sollten die, wer immer das war, doch machen, was sie wollen!

Gleich darauf bereute sie ihre Äußerung. Pommes sah so bedenklich aus, daß es schon merkwürdig war. Sonst hatte er fast auf alles eine Antwort und hier wand er sich unbehaglich hin und her. "Ich meine nur", druckste er mit rauher Stimme herum, "ich habe so ein komisches Gefühl. Ehrlich, mir ist ganz flau im Magen". Er zuckte hilflos mit den Schultern und strich sich die dunklen Locken aus der sommersprossigen Stirn. "Ich weiß ja auch nicht, was das ist." Sein Unwille war schwer zu verbergen.

Charlotte überlegte fieberhaft. Ihre Zeit war sehr knapp. Andererseits schätzte sie sein Vertrauen, freute sich über seine Offenheit. Ihr Pommes, der Freund aus frühen Kindertagen. "Okay, wenn es dich beruhigt!" Für den Bruchteil einer Sekunde legte sie ihre schlanke, flache Hand auf sein Gesicht im Monitor. "Alles klar, Pommes. Ich bin dabei"!

Charlotte geht bummeln

Das Mädchen mit den zahlreichen Tattoos auf den Beinen wacht morgens zur gewohnten Zeit auf. Erstaunt über das Ausbleiben des Wecktons guckt sie auf die Digitalanzeige der elektronischen Uhr. Doch ja, die Uhrzeit war richtig. Vielleicht war der Sensor unter der Matratze ausgefallen. Das müßte schon mit merkwürdigen Dingen zugehen, denn ehrlich gesagt, war dies bis heute nicht passiert.

Mißtrauisch dreht sie sich auf der elastischen Unterlage hin und her, jeden Moment darauf gefaßt, dieses unangenehme Klangspektakel auszulösen. Es war einfach nur ruhig. Auch von draußen klang alles gedämpft. Na ja, sie ginge jetzt rasch auf die Toilette und legte sich anschließend noch eine Runde ins Bett. Ein guter Gedanke, wie sie fand.

Mit einem Satz stand sie auf dem weichen Teppich, streckte ihre langen Beine, reckte beide Arme genüßlich in die Luft und zog dabei behaglich ihre Bauchmuskeln in die Länge. Ließ den Hals ganz nach hinten fallen und versuchte, ihr Haar auf dem Rücken zu spüren. Herrlich, müde sein und einen ganzen Tag Zeit haben. Allein. Oh ja, sie würde Freizeit haben, wunderbare Freizeit, die sie mit selbstbestimmten, eigenen Ideen füllen würde. Ohne zur Schule zu gehen, ohne schlafen zu müssen, damit sie am nächsten Morgen die Augen aufbekam.

Mit vor Wonne geschlossenen Augen und breit lächelnden Lippen stakst sie wie jeden Morgen in Richtung Türrahmen und legt automatisch die flache Hand in das kühle, graue Latex. Keine Reaktion.

Erstaunt besah sie sich das Ding näher. Der Stromausfall muß komplett sein, flüstert sie vor sich hin. Keine Messung biometrischer Daten, kein obligatorischer Pieks in den Finger, um die Blutwerte zu kontrollieren, nichts. Charlotte wendet sich langsam um, überprüft, was sie aus dem Augenwinkel wahrgenommen hat. Stimmt, der Plasmafernseher ist auch nicht eingeschaltet. Sogar sein Standbylämpchen sieht aus wie ein müdes, sehr müdes Auge. Trübe und kurzsichtig obendrein. Es ist aus.

Sein Blick ist buchstäblich erloschen. Charlotte lauscht unbeweglich auf Geräusche aus der Wohnung. Nichts. Sie schleicht zum Fenster, schiebt die Gardine unendlich langsam wenige Millimeter zu Seite, um hinaussehen zu können.

Hm, die Straßenbeleuchtung spendet an vereinzelten Masten spärliches Licht. Ob das eine Art Notbeleuchtung ist? Mit Schrecken erinnert sie sich an einen Kriegsfilm, den sie ausnahmsweise ziemlich spät am Abend mit ihren Eltern gesehen hat. Mit ihren Eltern ist nicht ganz richtig. Charlotte hatte damals gebannt auf den Monitor gestarrt. Ihre Eltern schliefen. Ihr Vater im Sessel, sein Laptop auf den Knien. Ihre Mutter auf der Couch, zugedeckt, mit verrutschter Brille, halboffenen Lippen und verwuscheltem Haar. Richtig jung sah sie aus. Charlotte empfand ein flüchtiges Gefühl der Zärtlichkeit.

Nun steht sie hier fast wie eine Diebin hinter der Gardine und späht. Menschen eilen geschäftig irgendwo hin. Zum Park & Ride, zur Schienenbahn, zum Shuttlebus. Also haben sie etwas vor. Sie sahen nicht aus wie Fliehende, hasteten wie jeden Tag. Erschreckend fand Charlotte. Wie wilde Ameisen füsselten sie ihren Beschäftigungen zu. Wenn alles so ist wie jeden Tag, zumindest draußen auf den Straßen, kann wohl kein Krieg sein. Höchstens etwas noch Bösartigeres. Etwas so Schlimmes, daß es mit Worten schwer zu beschreiben ist. Biochemische Waffen! Terroristen haben sie durch die Sicherheitsschleusen und allgegenwärtigen Scanner geschmuggelt! Perfiderweise haben sie zuvor den Strom ausgeschaltet, damit kein Alarm und damit keine Rettung mehr möglich sein würde. Klar, Notstrom! Durch Notstrom wird noch Licht gespendet. Menschen sollen sich in trügerischer Sicherheit wiegen. Unwissend darüber, daß sie im nächsten Moment nur noch eine trockene, leere Hülle sind!

Charlottes Herz klopft wild, ihr Puls rast. Schneller fast, als ihre Gedanken. Pommes! Ob der etwas geahnt hat? Ihre Gedanken überschlagen sich, wechseln die Richtung, bringen Vertrautes mit Unbekanntem durcheinander.

Oh Gott, jemand versucht, mit Laser das Schloß der elterlichen Wohnung zu öffnen! Das Mädchen zittert am ganzen Leib. Jetzt ist alles zu spät! Einmal einen freien Tag und nun das! Während sie sich noch fragt, wie sie in solch einem ernsten Moment so etwas Blödes denken kann, wird das Geräusch lauter.

Im gleichen Moment sackt sie erleichtert in die Knie. Ihre Mutter hat die Türe zum Home-Office geöffnet, der morgendliche Gesang des Föns, der garantiert nicht mit einem Akku betrieben wird, brummt durch den Flur.

Puh, jetzt fällt ihr auch ein, daß die Straßenlaternen aus Gründen der Sparsamkeit jeden Tag so ausgehungert aussehen. Mensch, jeden Tag!

Von neuer Lebenskraft erfüllt springt sie wieder auf die Beine. Krieg hin oder her, sie muß immer noch aufs Klo. Und jetzt, in Friedenszeiten, würde sie hinterher erst recht genüßlich noch einmal in die Koje gehen. Und später vielleicht in die Stadt. Mal sehen.

Vorerst jedoch stemmt sie entschlossen die Hände in die Hüften. Mit der festen Absicht, das Rätsel ihrer Täuschung, nämlich die ausgefallenen Überwachungsinstrumente, zu lösen. Hypnotisch starrt sie auf das graue Latex. Da, wo sonst der Handballen liegt, scheint ein selbstgefälliges Grinsen entstanden zu sein. Ein breites, zufriedenes Grinsen, das sie an jemanden Unbekanntes oder flüchtig Bekanntes erinnert. Von wegen Unbekannt! Ja, vor kurzem noch. Elsie Knopp! Das gleiche Mienenspiel um den Mund herum wie gestern, als sie die Daten im Schulcomputer manipuliert hat! Respekt!

Charlotte tänzelt singend, federleicht mit elastischem Hüftschwung in einem Empfinden absoluten Behütetseins aufs Klo. Breit grinsend. Vorbei am Gesicht ihrer erstaunten Mutter. Zurück kommt sie im Rumbaschritt, die Augen geschlossen summt sie vor sich hin, tastet sich mit schlanken Fingern an der Wand entlang, geht wieder in ihr

Zimmer und lässt sich dort ins Bett plumpsen. Frau Fritz steht kopfschüttelnd mit verschränkten Armen an die Wand gelehnt da und bewundert dieses so seltene Schauspiel. Amüsiert wünscht sie sich auch so eine Krankheit.

Bis über die Ohren zugedeckt schlummert Charlotte zufrieden und merkt nicht, wie ihre Mutter leise das Frühstück auf den Nachttisch stellt. Am liebsten würde sie ihrer Tochter über die blonden Strähne streichen, die oben über das Kissen hinausragen.

Hungrig wie ein Wolf wacht das Mädchen eine Stunde später auf, langt neben sich und landet mit den Knöcheln der rechten Hand genau im mit Butterimitat bestrichenen Rosinenbrot und einem Stück Kirschmichel. Also war doch noch etwas da! Sie fühlt sich wie eine Königin.

Nach dem Frühstück duscht sie unternehmungslustig, öffnet vorsichtig die Tür zum Home-Office. Ihre Mutter sitzt da mit dem Headset und klickt emsig auf ihrer Tastatur. Heute trägt sie eine rote Bluse. Knallrot und ordentlich gebügelt. Ihr ergrauendes Haar mit einem Zopfgummi auf dem Hinterkopf verstaut. Sie lächelt ihrer Tochter zu. "Na, was machst du mit dem Tag?" Charlotte lächelt spitzbübisch. In die Stadt geht sie heute, wenn ihre Mutter nichts dagegen hat. Ihre Übelkeit sei weitgehend verflogen, sie brauche Entspannung und Bewegung. Frau Fritz wagt einen prüfenden Blick und verkneift sich den Kommentar, daß kranke Kinder ins Bett gehören. Soo krank sieht ihre Tochter wiederum nicht aus. Fieber scheint sie nicht zu haben. Also okay. Charlotte schnappt sich ihren Umhängebeutel aus Känguruhleder, springt die hölzernen Stufen durch das kühle Treppenhaus hinunter. Immer zwei auf einmal.

Unten angekommen reißt sie mit Schwung die schwere Haustüre auf und steht blinzelnd in der Sonne auf dem menschenleeren Gehsteig. Der Mai ist schon ein toller Monat.

Sie hat frei, hat etwas vor und steht doch unschlüssig neben dem langen Klingelbrett mit den vielen Namen der Hausbewohner, die sie zum großen Teil noch nicht gesehen hat. Wohin jetzt? Zu lange schon war sie nicht mehr unterwegs. Schon gar nicht alleine. Alles etwas ungewohnt. Sie reibt sich mit dem Zeigefinger den Nasenrücken. Ach komm'. langsam geht sie die mit wenigen Bäumen bewachsene Straße hinunter, vorbei an der metallenen Containermeile. Container an Container reiht sich hier auf. Verschiedene Glasfarben, Verpackungsmaterial, Biomüll, Restmüll, Altkleider, Schuhe, Elektroschrott, winzige Möbelteile und so weiter. Die Meile kommt ihr endlos vor. Die Morgensonne knallt auf die metallenen Gehäuse, zum Teil riecht es nicht gut.

Charlotte rümpft die Nase. Da, hier steht sogar ein Container für Hundekot und einer für Katzenstreu und solche Dinge. Kein Wunder! Alle Container sind so verschlossen, daß niemand mehr etwas herausholen kann. Es ist nicht erwünscht, im Abfall zu wühlen, wie es in früheren Zeiten angeblich manchmal so vorkam, wenn jemand kein Geld hatte und die Hinterlassenschaften anderer nach verwertbaren Dingen durchsuchte. Deswegen gibt es nur noch Container.

Charlotte schlendert daran vorbei in Richtung Innenstadt. Von ihrer Großmutter kennt sie Geschichten von kleineren, gemütlichen Geschäften und Cafés; die der Vergangenheit angehören. Antiquitätengeschäfte, die zum Bummeln einluden, Zeitungsläden, die ein oder andere Boutique, Bäckereien, Metzgertheken, Geschäfte voller Pralinen und Süßigkeiten, Buchläden mit riesigen Auslagen und übervollen Regalen, Juweliere, Konditoreien und sogar Schuster für maßgearbeitete Schuhe. Und Schneidereien. Esoterikläden, Piercingstudios, Kosmetiksalons, Fußpflege, viele verschiedene Arztpraxen und vieles andere mehr. Und natürlich überall Schaufenster, vor denen man stehenbleiben und hineinsehen konnte. An manchen Stellen im Altbauviertel erkennt man die alten Läden noch an der Bauweise. Seit langer Zeit schon sind sie in Wohnungen für Asylanten umgebaut worden.

Hier zum Beispiel. Charlotte schaut an der Fassade hoch. Große Fenster mit breiten steinernen Vorsprüngen, verwitterte Tierköpfe und

Rosen aus Stein wechseln sich ab. Sie zieren die Abstände zwischen den Stockwerken. Leere, breite Balkonbrüstungen, die vor vielen Jahren sicherlich von Grün umrankt und von blühenden Pflanzen belebt wurden. Die Fensterscheiben sind oft matt. Vielleicht fehlt den Bewohnern die Kraft und auch die Zeit, oder auch einfach die Lust, zum Putzen. Der Putz ist fahl geworden. Ursprünglich, das sieht sie an manchen Stellen noch, war das Haus gelb. Ein schönes Sonnengelb muß das gewesen sein.

Heute wirkt er tot. Abgeplatzte Teile entblößen das bröselige Gestein unter der Haut. Grau, schmutzig und ungepflegt kämpft das Haus um seine Würde. Scheint zu sagen: Schau mich an, wie ich stark war und heute noch bin. Im Inneren, so scheint es zu flehen, bin ich unverwüstlich! Ein Hund hebt sein Hinterbein, kommentarlos und selbstvergessen pinkelt er die Hauswand an. Schnuppert, geht weiter, vergißt.

Charlotte schaut sich alles neugierig an. Die matte schwarze Haustür steht offen, Kellergerüche und der Duft nach etwas Undefinierbarem, was jemand essen würde, quellen aus dem trostlosen staubigen Treppenhaus. Ein Mann schreit eine Frau in geradezu unglaublicher Weise an. Ein kleines Kind weint verzweifelt. Eine sehr, sehr alte, kleine Frau in abgegammelten Klamotten, viel zu warm angezogen, mit alten Socken über der Strumpfhose und vergrindeten Augen schlurft heran, grüßt Charlotte mit hoher, unmelodischer Stimme. Vor sich hinmurmelnd tritt sie gebeugt und krumm in das düstere Treppenhaus, zieht sich mühsam das Treppengeländer hoch. Ihre Knie sind dick geschwollen, wie Knoten an einem Kornhalm. Geruchsfäden, die von ihr aus ins Freie flüchten, sprechen eine eigene Sprache.

Draußen rankt sich frischer Efeu über den bröseligen Putz. Konkurrenzlos, tröstend. Hier unten direkt an der Straße war früher die Metzgerei. Ein steinerner Keilerkopf über dem Eingang symbolisiert die Fachrichtung. Die Schaufenster sind, weil beschädigt und niemals erneuert, mit undurchsichtiger Folie beklebt, mit Gardinen verhangen oder einfach mit Holzplatten zugenagelt. Die obere Scheibe der Eingangstür ist noch frei. Von Neugier getrieben stellt sich Charlotte auf die Zehenspitzen, preßt die Nase ans Glas und schirmt mit den Händen die Augen ab, damit sie tatsächlich etwas erkennen kann. Viele Möbel gibt es nicht, der Fußboden ist nackt, man erkennt sogar noch Überreste der ausgebauten Kühltheke. Wie ungemütlich! Charlotte schaudert. Im hinteren Teil klappt eine eiserne Schwingtür, sicherlich die Tür zum alten Kühlhaus. Links davon noch eine Tür. Aus Holz. Vielleicht führt sie ins Treppenhaus, war für Lieferanten bestimmt oder für die Mitarbeiter, wenn sie zur Pause in den Aufenthaltsraum gehen wollten.

So ganz genau weiß sie es nicht. Die Wände sind gekachelt. Rot und weiß. Bis unter die Decke. Zum Abwaschen früher sicherlich nicht schlecht. Aber zum Wohnen! Puh, sie schüttelt sich. Kein Mensch hat sich darum gekümmert, hier wirklich wohnliche Verhältnisse zu schaffen.

Charlotte hat ein bißchen Schwierigkeiten, sich im Inneren der alten Metzgerei zurecht zu finden. Deshalb bemerkt sie erst ziemlich spät die Menschengruppe, die um den langen Tisch sitzt, mit abgebrochenen Brotstücken Essen aus den drei Schüsseln, die in regelmäßigen Abständen auf der Tischplatte stehen, schöpft und gleich in den Mund stopft. Wasserflaschen aus Plastik stehen dazwischen.

Das Mahl scheint sehr bescheiden zu sein. Hier also kommt der Gestank her, denkt Charlotte und schämt sich gleichen Moment fürchterlich dafür. Einer der Männer mit ebenholzfarbenem Haar und blendend weißen, starken Zähnen hat sie entdeckt. Er lacht sie freundlich an, macht die anderen am Tisch auf sie aufmerksam, rückt zur Seite und lädt sie zum Essen ein. Die Türe zum alten Kühlhaus wird sperrangelweit aufgerissen, ungemachte Betten kommen zum Vorschein. Ein Schlafraum also ist es geworden. Charlotte fühlt sich unsicher, richtig unbehaglich und weiß nicht, was sie dem Mann antworten soll. Essen wird sie auf keinen Fall! Wegrennen und sich unsichtbar machen, wäre das einfachste.

Außerdem ist es ihr megapeinlich, so neugierig und aufdringlich geworden zu sein. Auch wenn es die Menschen am Tisch vielleicht nicht so sehen. Umgang mit Fremden? Was hat ihre Mutter stets verlauten lassen: Renn' weg, wenn dir einer zu nahe kommt, lass' dich nicht ansprechen oder mit Versprechen ködern, sag' mir immer Bescheid, wo du bist, trau keinem. Und so weiter. Jetzt klebt sie hier mit blödem Gesicht am Fenster und weiß nicht weiter.

Der Mann drinnen steht auf, die Gesichter der Menschen wenden sich ihr zu. Er lacht freundlich und dreht die Handteller offen in ihre Richtung. Ein Zeichen des Friedens. Mit raschen Schritten kommt er zur Tür. Öffnet sie. Essensdünste überrollen sie förmlich. Statt eines Donnerwetters wegen ihrer Neugier schaut er sie an und fragt schlicht, ob sie Hunger habe, hereinkomme möchte, mit ihnen essen wolle. Charlotte stottert eine Entschuldigung. Eigentlich müsse sie in der Schule sein, heute jedoch sei sie krank, gestern sei ihr so übel gewesen, daß sie noch heute keinen Hunger habe, sie wolle sich die alten Häuser ansehen, müsse gleich nach Hause, wolle nicht stören....

Der Mann steht da, im schmutzigen Unterhemd in der strahlenden Maisonne, steckt die Hände in die Taschen seiner ausgebeulten Hose und betrachtet sich das Mädchen. Er macht die Tür frei und weist mit einer Geste seines muskulösen Armes ins Innere des Raumes. Das hier sei seine Familie, alles nette Leute, sie essen hier jeden Tag um die gleiche Zeit. Wenn sie wieder einmal krank sei und dann vielleicht Hunger habe, sei sie herzlich willkommen. Er lädt sie für das nächste Mal zum Essen ein, sie müsse sich nicht anmelden, für einen hungrigen Gast sei immer noch genügend da. Mit schwieligem Händedruck verabschiedet er sich von ihr, nickt freundlich, schließt mit einem Gruß die Türe und setzt sich zurück an den Eßtisch. Als ob nichts passiert wäre.

Charlotte trollt sich des Weges, froh, aus dieser Situation so glimpflich herausgekommen zu sein. Wenige hundert Meter trennen sie vom so genannten Gewerbegebiet, dem Gebiet, wo die großen Zentren sind. Gesundheitszentren mit Ärzten aller Fachrichtungen, Operationseinheiten, Pflegebetten, Physiotherapie, Apotheken und Sanitätsgeschäft. Lebensmittelzentren sind auch in fast jedem großen Ortsteil. Die meisten Dinge werden automatisch online bestellt. Vorratshaltung und Neubeschaffung werden elektronisch gesteuert. Die wenigsten Menschen bummeln hier mit einem Einkaufswagen durch und suchen sich waren aus.

Auch wer zuhause arbeitet oder ohne Beschäftigung öfter, wenn man nicht zu ehrenamtlichen oder äußerst gering bezahlten Beschäftigungen verdonnert ist, zu Hause ist, muß abklatschen. Charlotte weiß das. Alle müssen sich aus Kostengründen ausgewogen und gesund ernähren. Biometrische Daten werden täglich ermittelt, auch in den Zentralrechner der Lebensmittelzentren eingespeist. Nährwertstatistiken werden erhoben, Essensprofile erstellt, Bewegungsmuster dokumentiert. Eine Auswahl dazu passender Lebensmittel wird bereitgestellt. In dieser Spanne kann ausgewählt werden. Vorlieben darf man dann frönen, wenn es lebensmitteltechnisch paßt. Eine Woche lang nur von Döner oder Kuchen leben, ist nahezu unmöglich. Ungesunde Ernährung wird als Vergehen an der Gemeinschaft betrachtet und entsprechend geahndet.

Öde ist es hier. Kaum ein Mensch läuft herum, die Zentren sind aus grauem, schmucklosem Beton errichtet. Streng, funktional, kalt.

Früher gab es angeblich riesige Bibliotheken, in denen man stöbern und lesen konnte. Die gibt es heute auch noch, aber als Museum. Papier wird so selten verwendet, daß der Buchdruck in seiner ursprünglichen Form nicht mehr erhalten ist. Verlage haben sich samt und sonders auf die Herstellung von CD-Roms umgestellt. Das wäre spannend gewesen. Museumsbibliotheken befinden sich in einem anderen Teil der Stadt. Mit Mundschutz und speziellen Handschuhen darf man persönlich das ein oder andere Buch anschauen und sogar, je nach Erhaltungszustand, darin lesen. Die ʻVereinigung Freunde der Bücherʼ ist für das Betreiben der Museen zuständig. Charlotte langweilt sich.

Eintrittsgeld für den Wald hat sie nicht dabei. Das wäre auch schön gewesen.

Unschlüssig, wie sie ihren Tag weiterhin gestalten soll, wendet sie sich in Gedanken um, stolpert fast über den Hund, den sie vor einer Weile mit seiner Aktion an der Hauswand beobachtet hat. Er ist nicht mehr allein. Mit schwungvollen Schritten kommt ein älterer Herr mit dichtem, kurz geschnittenen grauen Haar, Jeans und Flanellhemd hinterher. Pfeift nach seinem Hund, entschuldigt sich bei dem Mädchen und als er fast vorbei ist, dreht er sich um. "Charlotte?"

Fragend spricht er sie an. Charlotte hat keine Ahnung, wer das ist. Nur von ferne dämmert ihr eine Erinnerung. Irgendwie kommt er ihr bekannt vor. "Du bist doch Charlotte, oder? Was machst du denn hier? Du bist doch mit Paul in einer Klasse, oder?" Der Mann spricht schnell. Bevor Charlotte zum Antworten kommt, streckt er ihr die Hand aus. "Entschuldige, daß ich mich nicht gleich vorgestellt habe, bin etwas in Eile. Ich bin der Großvater von Paul". Ach so! Das Mädchen reicht ihm höflich die Hand. "Fritz", sagt sie, "angenehm, Charlotte Fritz". "Was ist los, habt ihr heute schulfrei, oder was? das wäre ja sehr ungewöhnlich."

Heute scheint der Tag der Bekanntschaften zu sein. Natürlich will Charlotte diesem fremden Menschen gegenüber nicht allzuviel preisgeben. Wozu auch. Im Grunde genommen ist sie ohnehin nicht so redselig und froh, heute 'mal ihre Ruhe zu haben. Mit knappen Worten klärt sie Pauls Großvater über die plötzliche Erkrankung auf und darüber, daß sie einige Schritte an der frischen Luft macht. Mehr nicht. Das sollte reichen.

Pauls Großvater sieht sich um. "Nicht gerade die Gegend, in der man spazieren gehen möchte, nicht wahr? Mir kommt es hier immer langweilig vor." Augenscheinlich ist ihm Charlottes unschlüssiger, verlorener Gesichtsausdruck aufgefallen. Sie hat tatsächlich im Augenblick keinen Plan. "Nun", sie zuckt mit den Schultern und sieht sich um. "Stimmt schon, hier ist nichts los. Mir wird schon etwas einfallen".

"Mußt du um eine bestimmte Zeit zuhause sein? Kennst du dich hier in der Gegend gut aus? Wissen deine Eltern, wo du bist?" Der ältere Herr schießt ein Bataillon von Fragen ab. Ganz schön nervtötend, findet Charlotte. Wieso mischt der sich ein, was geht es ihn an?

Pauls Großvater hat mit Enkeln scheinbar doch so seine Erfahrung, er lächelt Charlotte an. "Magst du Bücher?" fragt er. "Wir könnten zum Beispiel deine Mutter anrufen und ich könnte dich einladen, mit mir in die Museumsbibliothek zu gehen. Ich bin dort Kurator, mußt du wissen. Deine Großmutter kennt mich, Paul war auch schon einige Male zum Stöbern mit." Nicht schlecht, denkt Charlotte. Hmm, eigentlich ist das eine gute Idee. Gedacht, gesagt, getan.

Charlotte und Pauls Großvater gehen in die Bibliothek. Dort wird Charlotte in einen Kittel gesteckt, kriegt einen Mundschutz über, spezielle Handschuhe an, eine feine Zange in die Hand und dann geht's los.

Feuerhaar und Kohle

Es klingelt. Elsie Knopp steht vor der Türe. Ungeduldig tritt sie von einem Fuß auf den anderen. "Wie lange dauert das denn noch?" ruft sie spöttisch, "willst du noch ein Brot backen, ehe du öffnest?". Sie schickt ein lautes, herzliches Lachen hinterher, weil sie ihre Freundin im Flur rumoren und leise fluchen hört.

Elsie Knopp steht unter dem Vordach des hübschen Altbauhäuschens ihrer Freundin und schaut sich um. Typisch Feuerhaar! Im Vorgarten grünt und blüht es in allen möglichen Frühsommerfarben, im Garten hinter dem Haus dürfte es nicht wesentlich anders aussehen. Elsie Knopp erinnert sich an ein Seminar auf der Fraueninsel im Bayerischen Chiemsee. Zielgerichtetes Handeln und Innere Einkehr im Alltagsstreß. So oder so ähnlich war der Titel damals. Feuerhaar steckte in dieser Zeit im letzten Drittel der Schwangerschaft und in der verliebten Aufbauphase ihrer Ehe. Sie hatte anderes zu tun. Ziemlich gleich nach dem Landungssteg, die Klosterkirche und die ans Ufer schwappenden Wellen im Auge, eröffnete sich ihr damals ein Panorama leuchtender Blüten in allen Farben und Formen, ein Meer an Fantasie und Schönheit. So hatte sie das damals empfunden und sofort gedacht, sie wäre viel billiger gekommen, hätte sie sich tagelang in einen transportablen Liegestuhl ans Ufer gesetzt und mittenrein geguckt. Innere Einkehr hätte sie gewiß gehalten.

Hier, Feuerhaars selbst modellierte Kugeln und Figuren, die sie auf Stecken pflanzt und zwischen den unzähligen Pflanzen verbirgt. Manche sieht man sofort, andere enthüllen sich überraschend, wenn der Wind die Blätter dreht. Ganz schön begabt, die Gute, denkt Elsie liebevoll. Wo diese Frau Hand anlegt, entsteht etwas Brauchbares.

Elsie öffnet gerade den Mund zu einem neuerlichen Ausruf der Ungeduld, als sich die moosgrün lackierte Haustür, die in starkem Kontrast zu der orangegelben Fassadenfarbe des Hauses steht, mit einem Schwung öffnet. Elsie erkennt ihre Freundin im Gegenlicht des Flures. Wie ein dunkler Schatten steht sie da, ihr Haar weht fast senkrecht von der Kopfhaut ab. Elsie bleibt der Mund offen. Was hast du gern.... will sie fragen.

Feuerhaar stöhnt. "Du mit deinem Streß! Du bist noch die gleiche ungeduldige Nudel wie immer. Guck' mich nicht so an! Ich mußte mich noch umziehen. Und andere Dinge tun. Manchmal bin ich halt beschäftigt. In persönlichen Dingen sozusagen. Und außerdem", mit strengem Blick weist sie auf die Uhr an Elsies Handgelenk, "bist du zu früh. Fünf Minuten ganz sicher." Sie fährt sich mit den ausgestreckten Fingern beider Hände durchs Haar, benutzt sie wie einen Kamm und versucht, zu retten was zu retten ist.

Elsies vertrauter Blick seit mehr als fünfzig Jahren verrät ihr wortlos die blanke Wahrheit. Gib's auf, sagt der Blick, es ist sinnlos. Feuerhaar umarmt ihre Freundin herzlich und bittet sie ins Haus, nicht nur ins Haus, sondern bitte gleich durch nach hinten in den Garten. Dort ist der Tisch im Schatten gedeckt. Feuerhaar sitzt gerne mit dem Rücken zur Hauswand, Kohle ihr gegenüber. Mehr als ein halbes Jahrhundert lang kennen sie sich schon, sind befreundet, fast wie Schwestern. Oh nein, Friede, Freude, Eierkuchen war nicht immer. Trotz aller Einigkeit waren sie manchmal auch sauer aufeinander, in ganz seltenen Fällen richtig zerstritten. Wie kann man nur so sein, oder so, hatten sie einander an die Köpfe geworfen. Dennoch, nichts hatte vermocht, sie auseinanderzubringen. Jetzt schon gar nicht mehr.

Beide unterhalten sich murmelnd. Über die bevorstehende Schulversammlung mit ihren kryptischen Ankündigungen. Nicht einmal Elsie hat konkrete Vorstellungen. Und das, obwohl sie doch ziemlich überall die Finger drin hat. Sie reden über die Partei. FFE - Freedom For Ever - hat sich vor langer Zeit mit Absicht zersplittert, die Parteivorsitzenden gewechselt, offizielle Orts- und Landesgruppierungen verkleinert und sich einen riesigen, vor dem Staat bislang verborgenen geheimen Mitgliederbund aufgebaut. Stille Mitglieder. Sobald die Mobilmachung in Form der ausgeklügelten Geheimsprache erfolgt, würden alle blitzartig eintreten. Der Parteivorsitz für diesen Ernstfall ist auch schon ausgetüftelt.

Feuerhaar und Kohle überdenken die Lage der Kinder und Jugendlichen in der Schule, diskutieren darüber, ob das mit Freiheit noch etwas zu tun hat. Mit der Freiheit des Geistes, mit der Freiheit, selbst über sich zu entscheiden oder es für die Zukunft zu lernen. Feuerhaar weiß, daß Kohle mit manchen Kindern Geheimnisse hat. Elsie meint besorgt, ihren Beobachtungen nach werden die Kinder schleichend immer müder. Sie sind nicht mehr motiviert zum Lernen. Ihnen scheint nicht nur die Freude daran zu fehlen, sondern auch die Verbindung zwischen dem Gelernten und ihrem Leben. Zu den Eltern ist es noch nicht durchgedrungen: Das allgemeine Leistungsniveau sinkt! Trotz aller Bemühungen, Ermahnungen, trotz des Druckes, der auf die jungen Menschen ausgeübt wird. Die Leistungskurve geht nach unten und von Schreyhammer weiß nicht mehr, wie er den Eltern gegenüber argumentieren soll. Aus angeblich organisatorischen Gründen gehen die Leistungsprofile in diesem Halbjahr nicht an die Eltern. Die Ergebnisse sind derart bedenklich, daß man sie fälschen müßte.

Justus von Schreyhammer hat sich mit verbotenen Lebensmitteln einen Speckgürtel angefressen, damit er bessere Nerven kriegt. Elsie kichert. Zucker und bessere Nerven! Daß sie nicht lache! Auf jeden Fall scheint aus den Schülern im Moment nicht mehr herauszuholen zu sein. Man will sich keine unzufriedene Elternschaft auf den Hals laden und deshalb bleiben die Tatsachen im Verborgenen. So lange, bis eine Sprachform entwickelt ist, die den Eltern auf unverständliche Weise die Wahrheit sagt. Wie das allerdings sein soll, kann sich Elsie zur Stunde nicht vorstellen.

Apropos verborgen. Ja, ihre Geheimnisse mit den Schülern werden mehr. Sie kennt schon viele persönlich. Mehr als einmal hat der Zentralrechner ihr zuliebe ein Auge zugedrückt. Manchmal schwitzt sie trotz ihrer großen Klappe und ihrer mit siebzig Jahren Leben erworbenen Selbstsicherheit Blut und Wasser. Nur sie, der Zentralrechner und ihr Spiegel wissen, wie oft sie in letzter Zeit Daten manipuliert hat. Natürlich hat sie, vertraut sie Feuerhaar an, sich schon Gedanken darüber gemacht, ob nicht aus den vertuschten Krankheitstagen der Kinder eine brauchbare Statistik zum Nachweis der Untauglichkeit des Systems oder der Notwendigkeit einer Veränderung zu machen gewesen wäre.

Kohle wäre nicht Kohle, müßte ihr Herz bei solchen Überlegungen stumm bleiben. Sie schaut in die Augen der Kinder, ihre blassen, erschöpften Gesichter. Liest ihren Tagesarbeitsplan, sieht sie in weiten hell- und dunkelblauen ÜbadrüSchs über das Gelände schlurfen. Natürlich hört sie sie auch lachen! Kinder wären keine Kinder, fänden sie nicht sogar im tiefsten Elend einen Anlaß zu herzlichem Gelächter.

Elsie wischt sich über die Augen, Feuerhaar hört still zu. Kohle zweifelt manchmal an ihrer Wahrnehmung. Ob das was sie sieht, der Wirklichkeit entspricht. Oder ob es einfach Fantasie ist, ihr persönlicher

Blick auf die Welt. Eingefärbt von ihren persönlichen Erlebnissen, ihren Erinnerungen. Umgelenkt von ihrer Angst um die Menschen. Gerade, wenn sie noch sehr jung sind. Abhängig sind von den Entscheidungen anderer. Gerade dann hat sie Angst. Würde ihr Sohn noch leben und längst schon ein erwachsener Mann sein, hätte er vielleicht gelacht und sie liebevoll Glucke genannt. Oder etwas anderes. Hauptsache, er hätte sie überhaupt etwas genannt....Feuerhaar tritt ihr entschlossen auf den Fuß. "Rede weiter!", befiehlt sie.

Egal wie man es dreht und wendet, Kohle sieht stets eine Arbeitsbrigarde ins Bergwerk einrücken. Unter Tage, fern des Lebens und der Sonne soll gearbeitet werden. Der Lohn ist kärglich, andere haben den Nutzen. Das ist, was Kohle sieht. Wovor sie die Kinder schützen will.

Die beiden reden hin und her. Zwischendurch steht Feuerhaar auf, um eine Kerze zu holen, um sie angezündet mitten auf den Tisch zu stellen. Die Nacht ist schon stockdunkel, aber warm. Beide Frauen starren während des Gesprächs ins Feuer der Kerze oder einem Nachtfalter hinterher, der dem tödlichen Hell der Flamme knapp entkommen ist. Was ist zu tun? Demnächst ist wieder Kommunalwahl. Das stimmt schon. Aber wozu die Partei aktivieren und sich enthüllen? Ist das Risiko nicht zu groß? Die Gelegenheit wirklich die richtige? Gewinnen sie im rechten Moment an Einfluß oder setzen sie alles in den Sand? Verpufft Energie am Ende vor dem Ernstfall und ist dann zu nichts mehr zu gebrauchen? Wohin soll es gehen? Welche Argumente führen den Kampf an? Fakten müssen her.Z,D,F,U. Zahlen, Daten, Fakten, Umhören. Sie beschließen, der Schulversammlung am Donnerstag beizuwohnen. Möglichst viele ihrer stillen Mitglieder einzuschleusen, damit sich die schlußendliche Meinung aus der Essenz vieler Beobachtungen und Eindrücke zusammensetzt. Sie werden das Internet durchkämmen, lesen, was immer ihnen in die Finger kommt. An anderen Schulen in anderen Bundesländern recherchieren. Feststellen, ob es Zusammenschlüsse und ähnliche Tendenzen gibt. Dann werden sie sehen.

Feuerhaar und Kohle sind müde. Es ist weit nach Mitternacht. Elsie, die mit dem Auto noch eine Stunde Heimweg hat, verzieht sich ins Gästezimmer ihrer Freundin. Dort hat sie immer einen Schlafanzug deponiert, den sie je nach Bedarf anziehen kann. Morgen ist ein neuer Tag.

Wochenende

Charlotte hat ihre eineinhalb freien Tage wahrlich genossen. Nach einem üblichen langen Schultag mit Abklatschen zuhause und an der Schule würde sie ins Wochenende gehen. Zu ihrer Großmutter! Charlotte freut sich. Dr. Pandit Patel unterrichtet heute Informatik. Er grüßt Charlotte freundlich, nickt mit dem glänzend schwarzen Haupt in ihre Richtung. Am Ende der Unterrichtseinheit bittet er um fünf Minuten Gehör. Seine glänzenden braunen Augen blitzen durch die immer akkurat blankgeputzte Brille. Seit vielen Jahren nun sei er hier Lehrer an der Schule, wie sie alle wüßten. Die Kinder nicken. Pommes nickt besonders nachdrücklich. Informatik ist eines seiner Lieblingsfächer. Mit Dr. Patels sanfter Art kann er gut. Er mag auch dessen melodiöse Art zu sprechen. Sogar seine langweiligen Anzüge sieht er ihm nach.

"Nun," Dr. Patel zieht seine Brille ab, reibt die Gläser mit einem altmodischen Stofftaschentuch, das er eben aus der Hosentasche gezogen hat. Charlotte staunt, sie wußte nicht, daß es diese Dinger noch gibt. Sie kennt sie nur von alten Fotografien. Patel steht da kerzengerade und wischt. Nach wenigen Bewegungen ist er fertig, zieht seine Brille umständlich wieder auf, verankert die Brillenbügel hinter den Ohren, preßt die Lippen zusammen und wippt mit hinter dem Rücken verschränkten Armen leicht auf und ab. "Nach den Sommerferien" beginnt er mit sanfter Stimme, "nach den Sommerferien kehre ich zurück in meine Heimat. Ich dachte, ihr sollt es rechtzeitig wissen, damit ihr euch darauf einstellen könnt. Ich habe gerne mit euch zusammengearbeitet." Pandit Patel lächelt die Kinder an. Die Klasse sitzt wortlos da, man könnte eine Stecknadel fallen hören.

Bei Patel lernen sie gerne. Er lebt und liebt sein Fach. In der vollelektronischen Netzwerkgesellschaft, wie ihre Welt heißt, können sie all die Dinge, die sie hier lernen und ausprobieren, tatsächlich anwenden. Pommes ist ein richtiger Profi. Leonardo faßt sich als erster. Zögernd hebt er den Finger. Patel nickt. "Herr Patel...." "Ja bitte? Sprich dich nur aus, mein Junge". Herr Patel nimmt sich heute Zeit. "Nun, ich finde es schade, wenn sie gehen. Ich glaube, die anderen auch". Leonardo mit dem blassen, lieben Gesicht dreht sich um, guckt in die Runde. Die meisten nicken.

"Manchmal müssen Veränderungen sein. Manchmal muß man Dinge tun und den Ort verlassen. Ich gehe zurück nach Indien. Dort werde ich einen Forschungsauftrag an der Universität erhalten. Jede Überzeugung hat ihren Preis. Man kann nicht immerfort das eine tun und das andere wollen". Mit diesen merkwürdigen Worten nickt er ihnen freundlich zu, verabschiedet sich bis nächste Woche und wünscht ihnen ein schönes Wochenende.

Pommes und Charlotte schauen sich betreten an, Leonardo gesellt sich in der kurzen Pause zu ihnen. Sie schauen zu Boden, kicken Kieselsteine mit den Füßen. "Na ja, wirklich schade. Es wird jemand anderes kommen. Hoffentlich ist es nicht der Streithammel persönlich, der sich bei uns einnisten will".

"Kommt ihr nächsten Donnerstag mit?" Leonardo ist in Gedanken schon wieder bei der Versammlung. "Wir bemühen uns darum", Pommes und Charlotte antworten wie aus einem Munde. Leonardo wirkt heute besonders dünnhäutig, blaue Adern scheinen auf schmalen Armen durch die blasse Haut. Kaum vorstellbar, daß ein Elternteil italienischer Abstammung ist! "Sag' mal", Pommes bückt sich etwas hinunter, um dem Ohr seines Klassenkameraden näher zu sein. Ob er denn von seinem Vater, der Mitglied im Stadtrat ist, etwas erfahren habe. Etwas über die Tagesordnung oder so. Leonardo zuckt die Schultern. Seine blauen Augen lächeln müde. Seine Stimme ist im Gewirr der vielen anderen Stimmen auf dem Pausenhof kaum zu verstehen. "Schweigepflicht haben die", er strengt seine Stimmbänder gewaltig an. "Die dürfen über die Dinge so lange nicht reden, bis es offiziell ist. Mein Vater sagt, das ist enorm wichtig und er versohlt mir den Arsch daß ich drei Wochen nicht sitzen kann, wenn ich nur ein Wort, von dem, was ich gehört habe, verrate".

"Was ist denn das für ein Mist!" Charlotte ärgert sich, ihre Stimme wird richtig abfällig. Sie schnaubt. "Weiß er denn nicht, daß Schlagen von Kindern schon vor dreißig Jahren in den Familien verboten worden ist!?! Wo lebt der denn?" Leonardo nickt und sagt nichts. Statt dessen weist er wortlos mit dem Daumen in Richtung Nebengebäude. Pommes und Fritz registrieren mit Verwunderung, wie ein Bett nach dem anderen in die Gebäude getragen wird.

Also doch Altenpflege?

Ja, Pommes und Fritz. So nennen sie sich seit ihrem Telefonat anläßlich Charlottes Erkrankung. Pommes und Fritz, das konspirative Duo. Wie Laurel und Hardy. Nur nicht so ungeschickt.

Samstag nach dem Frühstück packt Charlotte ihre Sachen, räumt schnell ihr Zimmer auf, schließt das Fenster, verabschiedet sich von ihren Eltern und springt, immer zwei Stufen auf einmal, die lange Treppe mit den vielen ausgetretenen Bohlen hinunter. Fröhlich rennt sie zur Bushaltestelle, überfliegt den Fahrplan und stellt sich an. Zehn Minuten Wartezeit. Na ja, wenn es sonst nichts ist. Sie guckt sich um. Außer ihr wartet nur noch eine Person, die abwesend mit ihrem Palm beschäftigt ist. Eifrig sticht sie mit dem Pin schnelle Befehle hinein, scheint unzufrieden, löscht, beginnt von vorne. Charlotte kann nicht erkennen, ob diese zusammmengesunkene Person eine Frau oder ein Mann ist. Im Grunde ist es ihr egal. Eine Stunde Fahrt aus der Stadt hinaus ins Grüne!

Der Bus kommt, Charlotte steigt ein und setzt sich nach hinten, auf den allerletzten Sitz, schnallt sich an und lehnt sich zurück. Die Tasche auf den Knien schaut sie munter aus dem Fenster. Häuserzeilen fliegen an ihr vorbei.

Da, das alte Haus mit seiner verborgenen Schönheit und der alten Metzgerei mit dem Keilerkopf aus fast urzeitlichem Mauerwerk. Weiter vorne kommen die verschiedenen Zentren, zu denen sie persönlich keinen Bezug hat. Etwas aus dem Unterricht zum Thema 'Freizeitindustrie' zieht durch ihren Kopf. Komisch, vor vielen Jahren noch muß es das tatsächlich gegeben haben. Die Arbeitszeit war derart reduziert, daß die Menschen nicht wußten, was mit ihrer freien Zeit anzufangen war. Freizeitunternehmungen waren seinerzeit Statussymbol. Wer wohin zu reisen im Stande war, was das kostete, wer sich was leisten konnte.

Menschen reisten in ferne Länder, um dann ihre spärlichen Tage geschützt und von Fremden strukturiert in einem so genannten Club zu verbringen. Heute ist es umgekehrt. Die, die sich Freizeitunternehmungen wie reisen, Golf spielen oder sonstwas leisten können, arbeiten ununterbrochen, geben ihr Geld für Umzüge aus, um der Arbeit nachzureisen, fahren täglich lange Strecken, um zum Arbeitsplatz zu kommen. Im Urlaub oder an den Wochenenden bilden sie sich häufig auf eigene Kosten weiter, um auf dem globalisierten Arbeitsmarkt konkurrenzfähig zu bleiben. Oft hoch qualifiziert arbeiten sie für recht wenig Geld, um mit günstigen Fachkräften aus anderen Ländern dieser Welt mithalten zu können. Betriebe, die vor langer Zeit noch Deutschlands Wirtschaft maßgeblich mitbestimmten, haben ihre Sitze in Niedriglohnländer im Osten des Erdballs verlagert.

Wer Arbeit hat, und damit Geld, hat kaum Zeit, sich für Freizeitunternehmungen zu interessieren. Die, die Zeit haben, sind häufig ohne Ausbildung, ohne Beschäftigung, arbeiten phasenweise auf Zwang ehrenamtlich oder komplett unterbezahlt. Diese Menschen träumen nur von Reisen. Von Reisen mit dem U-Boot unter dem Meer, von weiten Flügen nach Australien, von teuren Fahrten mit dem Glacierexpress über eisigen Grund, von Fesselballonfahrten hoch über den Alpen. Träume sind massenhaft vorhanden.

Einzig die jungen Senioren sind die Glückspilze aus der alten Welt, die den Vogel abgeschossen haben. Jung geblieben und sehr häufig vergleichsweise gut situiert beleben sie die so sehr geschrumpfte Freizeitindustrie, deren Geschäftswege einzig im Internet zu finden sind.

Früher, ganz früher, so erzählte ihre Großmutter einst, lebten ganze Berufszweige von den Menschen, die ins Reisebüro gingen, um ihren Urlaub zu planen und zu buchen. Bis sie dahinter kamen, daß selbst buchen im Netz weitaus mehr Vorteile bringt.

Ich sollte mehr über Jungs nachdenken, schießt es Charlotte durch den Kopf. Mein Gott, seit einem Jahr schon habe ich meine Tage, bald werde ich erwachsen sein. Ich habe gar keine Freundinnen! Früher war das doch so. Immerzu bin ich in der Schule. Quatschen können wir nur in den kurzen Pausen. Wenn Pommes nicht wäre, hätte ich niemanden. Allein bei diesen Gedanken fühlt sich Charlotte wieder übel. Entschlossen schiebt sie sie beiseite. Heute nicht! Streng mit sich knallt sie die Tasche auf den Nebensitz, setzt sich auf ihre Hände und schaut zum anderen Fenster hinaus.

Die Stadt liegt hinter ihnen. Abgegrenzte Wiesen und umzäunte Felder, gesäumt vom Grün des Waldes huschen an ihr vorbei. Sie versucht, die Ortsschilder zu lesen um festzustellen, wann sie wo ankommt. Zäune, Mauern, Gatter, Türen mit Schlössern. Überall ist deutlich zu sehen, was wem gehört. Einzig die Vögel überfliegen sie schamlos. Das Wild kann aus dem Wald nicht mehr heraus.

Endlich angekommen. Charlotte wirft die Tasche aus dem Bus und springt hinterher. Noch ehe sie die wenigen hundert Meter über die Hauptstraße zum Haus ihrer Großmutter gerannt ist, wird dort die Haustür mit Schwung aufgerissen. "Lotta!", der erfreute Ausruf ihrer Großmutter empfängt sie. Charlotte umarmt die alte Dame stürmisch. Für ihre fünfundsiebzig Jahre ist Cordula Fritz recht fidel und ansehnlich. "Oma, zeig' mal deine Zähne!" Frau Fritz senior grinst und entblößt mit einer gräßlichen Grimasse ihr Gebiß. Von der Blaubeerverfärbung ist nichts mehr übrig. "Oma, hast du etwas gekocht?" Charlotte reibt sich neugierig den Magen, stolziert sofort in die Küche, um nach dem Rechten zu sehen.

"Hierher!" Frau Fritz trommelt mit ihrer Gabel auf das Wasserglas. "Wir essen im Garten!" Hmm, der Tisch ist feierlich gedeckt. Während Charlotte durch Omas Wohnzimmer mit den deckenhohen Bücherregalen, dem Laptop in der Arbeitsecke und dem unvermeidlichen Plasmabildschirm läuft, inspiziert sie im Vorübergehen Großmutters Steinesammlung aus allen Mittel- und Hochgebirgen in Deutschland, Frankreich, England, Bulgarien und Rumänien. Die alte Dame muß ein echter Wandervogel gewesen sein.

Draußen angekommen steht sie entzückt vor dem gedeckten Tisch. Aha, ihre Oma hat den Garten geplündert, gekocht, geschmort, gebacken und dekoriert. Ein wahres Wunderwerk für die Sinne! Vorerst jedoch rast sie wie eine Gestochene in Richtung Stall. Benjamin! Omas alter Esel, dessen Fell an manchen Stellen schon rauh und struppig wird. Benjamin, der vor vielen Jahren, als Charlotte noch nicht geboren war, als kleines Eselfohlen zusammen mit seiner Mutter bei Frau Fritz einzog. In den alten Bretterverschlag aus wackeligen Einzelteilen mit einem unsäglichen Wellblechdach, der dann später zu einem echten, stabilen Stall umgebaut wurde. Die alte Eselin starb vor einigen Jahren, Benjamin stand damals neben ihr, die Lippen nach hinten gezogen, seine starken Eselszähne gefletscht und weinte.

Benjamin schielt schlaftrunken durch seine langen Wimpern. Bläst durch seine Nüstern und nickt. Das ist für den Moment das Maximum an Höflichkeit, was er aufbringen kann. Oder aufbringen will. Bei Benjamin weiß man das nicht so recht. Charlotte akzeptiert das. "Na, mein Alter?" flüstert sie zärtlich und streicht ihm ganz sanft über das weiche Maul. Sie ist froh, da zu sein.

Beim Essen schwatzen sie munter über dies und das. Über Dinge halt, die sich Großmutter und Enkelin - wenn sie sich mögen - erzählen wollen.

"Was machen wir heute?" Charlotte hat den Mund noch nicht leer, die nächste Gabel voll schon in der Hand. "Erzähl mir von deiner Krankheit, Lotta und darüber, ob ich mir Sorgen machen muß oder nicht". Einfach so sagt sie das, mit ruhigem Ton. Meine Oma, die Hellsichtige, denkt Charlotte. Sie schiebt sich den letzten Bissen rein und erzählt. Einfach so, der Reihe nach. Frau Fritz senior lauscht dem Traumgeschehen mit erstarrtem Gesicht. Unter dem Siegel absoluter Verschwiegenheit berichtet Charlotte von dem Geheimnis zwischen ihr und Elsie Knopp.

Tief erschrocken setzt Frau Fritz ihr Wasserglas ab, ein gefährlicher Zornesblitz schießt aus ihren blauen Augen. Charlotte ist sich unsicher, ob er am Ende ihr gilt. "Oma?" Ihr fragender Ton bringt Frau Fritz, die abwesend vor sich hin starrt, wieder zurück. Ihr vor Grimm vorgeschobenes Kinn spricht eine eigene Sprache. "Daß es soweit kommt" murmelt sie, "daß es soweit kommen muß." Sie streckt ihre Beine unter den Tisch, Oma rennt immer noch in Jeans und Opas Oberhemden rum. Wen es stört, der soll wegsehen, ist ihre Devise.

"Bist du sicher, daß Frau Knopp dich nicht verpfeift?" Oh ja, Lotta glaubt das schon. Am Anfang habe sie sich natürlich gefürchtet, das Unbekannte und so, sie habe Frau Knopp nicht gekannt. Jetzt schon, es fühle sich fast an wie Freundschaft. Über alle möglichen Lehrkräfte werde im Geheimen gelästert und gefrotzelt. Über Elsie Knopp merkwürdigerweise nicht.

Charlotte redet ohne Unterlaß. Erzählt von ihrem Bummel durch die Stadt, von ihrem gemütlichen Aufenthalt zuhause. Sie zieht rasch die Jeans aus, um Cordula Fritz die sensationellen Tattoos zu zeigen, die sie auf unbekannte Weise vor dem Duschen bewahrt hat. Berichtet von den unerklärlichen Vorkommnissen an den Nebengebäuden der Schule, von ihren Überlegungen dazu und von ihrem Pakt mit Pommes. Nämlich dem, an der Versammlung unbedingt teilzunehmen. Entweder mit seinen Eltern oder mit ihren. Pommes und Fritz, das konspirative Duo, würden herausfinden, was geplant war.

Zu Charlottes Verblüffung kündigt ihre Oma an, mitzugehen. Auf jeden Fall mitzugehen. Was sich da abspiele, wolle sie unbedingt sehen. Auch diese Elsie Knopp sollte ihren aufmerksamen Blicken nicht entgehen. Großmutters Augenbrauen bleiben gerunzelt. Auch als sie nach dem Essen gemeinsam den Stall ausmisten und den alten Esel ein paar Runden spazieren führen. Heute hat er sich geweigert, auf die Weide zu gehen. Augenscheinlich ist nicht sein Tag.

Auch als sie am Waldeingangsscanner stehen und für vierundzwanzig Euro ihre Karten ziehen - schließlich wollen sie sich Zeit lassen - entrunzelt Frau Fritz ihre Brauen nicht. Etwas hat der alten Lady das Kraut verhagelt. Man merkt es ihr deutlich an. Im Wald laufen sie flotten Schrittes die alt vertrauten Wege, die sie immer gehen. Ihre Wege. Sie lachen und scherzen. Charlotte schnüffelt an jeder Blume, begeistert sich über jeden Käfer. Lauscht dem leisen Rauschen der Wipfel, umarmt die Bäume. Für den Moment wirkt sie glücklich und gelöst. Frau Fritz kehrt ab und zu in sich und beobachtet ihre Enkelin nachdenklich. Nachdenklich und mit einer gewissen Trauer.

Erst lange nach dem Abendessen, als Charlotte mit spitzen Fingern einen verschrumpelten Schlafanzug aus dem Schrank des Gästezimmers fischt und indigniert fragt, ob Frau Fritz einen Liebhaber habe, lacht sie. Laut, herzlich und anhaltend.

Kurze Absprache

Bei Elsie Knopp klingelt spät am Sonntag Abend das Telefonsignal, der Bildschirm leuchtet auf, Feuerhaars Gesicht erscheint in voller Größe, füllt den Monitor komplett aus. Augenscheinlich hat sie sich unmittelbar direkt vor der Kamera positioniert. Ihr Gesichtsausdruck ist ernst. Fragend und ernst. "Warum hast du nichts erzählt?" Keine Begrüßung, keine Einleitung, nichts. Nur die direkte Frage. Kohle versteht.

Ihr Part bei Geheimnissen sei auch Verschwiegenheit. Vertrauen und Verschwiegenheit seien die obersten Grundsätze. Darauf müsse sie sich verlassen können. Sie habe keine Lust, wegen eines Schwätzers so kurz vor der Rente eine Abmahnung zu kriegen oder fristlos gekündigt zu werden. Klar, das Risiko gehe sie ein. Wenn es jedoch nicht unbedingt stattfinden müsse, sei sie auch zufrieden.

Feuerhaar nickt. "Räum' demnächst deinen Schlafanzug weg," knurrt sie feixend, "die Jugend dichtet mir schon Liebhaber an!".

Die Freundinnen einigen sich auf folgenden Schachzug:

1. Sie besuchen die Schulversammlung und
2. laden sie alle derzeit verfügbaren stillen Parteimitglieder ein.
3. Sie rüsten sich für den Notfall und bereiten die Mobilmachung vor. Falls sie schnell reagieren müssen. Wer weiß, was kommt.
4. Ihr Motto wird sein: Für die Kinder das Beste!

Versammlung in der Schule

Die Wochentage bis zum Donnerstag vergehen wie im Fluge. Weckton, Aufstehen, Abklatschen, Datenübermittlung, zum Shuttlebus die vielen Treppen hinunterspringen, Pommes in den Arm knuffen, Abklatschen, durch die Schleuse gehen, aus dem Augenwinkel sehen, wie weit die Bauarbeiten gediehen sind, ÜbadrüSch anziehen und damit soweit als möglich die eigene Identität verwischen. Abends spät nach Hause kommen und bald völlig erledigt ins Bett fallen.

Charlotte hat wegen der bevorstehenden Versammlung mit ihrer Mutter gesprochen, ihren Vater hat sie die Woche über nicht gesehen. Ihren Vater, Großmutters Sohn, der seiner Mutter nur wenig ähnelt, kriegt sie überhaupt nur selten vor die Linse. Die Arbeit frißt ihn auf. Großmutter, sportlich und groß gewachsen, die Frau mit dem Dickschädel und der ausgeprägten Persönlichkeit, die auch ab und zu laut auf den Tisch haut, hat einen stillen, rundlichen, zurückhaltenden Sohn. Keinen, der ihr rotes Haar mit ihr zusammen durch die Welt trägt, sondern einen, von dessen farblosem Fahlblond nicht mehr viel übrig ist.

Frau Fritz hat eine Einladung erhalten. Die Tagesordnung sagt ihr nicht viel. Mit dem Konzept der Schule ist sie soweit zufrieden, größere Neuerungen stellt sie sich nicht vor. Eigentlich hat sie keine Zeit. Justus von Schreyhammer hat persönlich eingeladen und vermerkt, es sei verbriefte Elternpflicht, mit der Schule zusammenzuarbeiten, an Elternversammlungen teilzunehmen. Da könne man sich schlecht entziehen, meint Frau Fritz, also schaue sich die angepriesenen pädagogischen Veränderungen einmal an.

Charlottes Großmutter kündigt sich zum Erstaunen der beiden auch an, sie will sich mit beiden an der Schule treffen, Schulschluß ist wie immer. Charlotte hat keine Zeit mehr, nach Hause zu fahren.

Pommes wird in aller Eile abgeholt, er soll sich umziehen. Seine Mutter, deren Gesichtsfalten heute sehr mißmutig aussehen, hat es eilig.

Sie knufft ihn ins Genick, raunzt ihn an: "Nun mach' schon! Immer das gleiche Theater mit dir, nie bist du fertig. Du verplemperst deine Zeit. Wenn du so weiter machst, wird nie etwas aus dir. Du Bummelant, du!" Pommes stolpert eilig zum Auto. Noch aus der Ferne hört Charlotte das laute Gemecker seiner Mutter. "Bei deinen schulischen Leistungen kannst du dir Schlamperei nicht erlauben! Du nicht, was glaubst du, wer du bist!" Die Autotür wird knapp hinter Pommes zugeschlagen. Charlotte sieht noch, wie er versucht, sich hastig anzuschnallen, da fährt der Wagen schon los.

Meine Güte, denkt sie, der arme Kerl. Kein Wunder, daß er so selten über seine Eltern redet. Während Charlotte am Treffpunkt steht, sammeln sich immer mehr Menschen vor der gläsernen Eingangsschleuse. Die Sicherheitskräfte sind um zwei Personen verstärkt, haben heute alle Hände voll zu tun. Wer in die Aula hinter der trutzigen Riesenkröte will, muß auch gescannt werden. Kein Mensch kommt auf das Gelände, es sei denn, durch die Schleuse.

Leonardo kommt klein und blass an der Seite seines wuchtigen, dunkelhaarigen Vaters, der ihn nicht beachtet, sondern jovial und wichtig nach allen Richtungen grüßt. Hände schüttelt, mit dem Kopf nickt, hier und dort einige Worte spricht. Er ist Politiker und muß auf seine Karriere achten. Als Abteilungsleiter im Lebensmittelzentrum ist er auf der letzten Beförderungsstufe in seinem Beruf angekommen. Als Chef für Obst und Gemüse hat er bei Backwaren, Fleisch und Konserven nicht mitzubestimmen. Der enge Radius nervt ihn an. Hier im Stadtrat ist der Ausgleich, er darf über Dinge entscheiden, die er nicht beurteilen kann. Er liest die Tischvorlagen, orientiert sich am Informationsstand der anderen, an der beschlossenen Parteirichtlinie und dann entscheidet er nach bestem Wissen und Gewissen. Die Partei, so hat er beschlossen, ist das Forum, in dem er vorankommt.

Charlotte hält Ausschau nach Mutter und Großmutter. Da sind sie! Charlotte winkt dem roten Schopf ihrer Großmutter zu. Damit sie sich bloß finden!.

Pommes kommt auch zurück, der Wagen seiner Eltern kommt an-
gerast, Paul springt heraus. Unbehaglich steht er im Anzug da. Seine
wilden Locken sind geglättet. Sogar seine Sommersprossen scheinen
Farbe eingebüßt zu haben. Sein Vater steigt schweigend aus dem Fond.
Heute ist einer der seltenen Anlässe, an denen seine Eltern beide zur
gleichen Zeit auftreten. Paul haßt solche Zusammenkünfte. 'Auftreten'
ist gut. Wie Schauspieler haben sie sich nach ihrem ungeschriebenen
Drehbuch vorbereitet, ihre Rollen einstudiert und sogar, per Email
natürlich, einen Verhaltensplan entworfen.

Pauls Mutter hat gerne die Kontrolle, vor allen Dingen an, wenn
andere Menschen zusehen. Wie eine Dramaturgin entwirft sie ihre
Szenarien und duldet es nicht, wenn jemand die Szene anders beur-
teilt, als von ihr vorgeschrieben. Paul findet, sie ist eine schwierige
Persönlichkeit. Seine Rolle ist die des perfekten Sohnes. Des perfekt
erzogenen und gebildeten Sohnes. Nach seiner Persönlichkeit und seinen wirklichen Bedürfnissen ist nicht gefragt, das alles ist sekundär.
Am besten schweigt er. Schweigt zur gleichen Zeit wie sein Vater.
Gemeinsam kann er es nicht nennen.

Die Menschenmenge auf dem Vorplatz wächst mit jeder Minute
an, auf Pünktlichkeit wird Wert gelegt. Der Pausenton erklingt, es ist
Einlaß. Wie im Theater, denkt Charlottes Großmutter. Die drei haben
sich mittlerweile gefunden und eingehakt. Sicher ist sicher.

Die Menge schweigt. Die meisten Menschen kennen sich nicht. Was
also hätten sie sich zu sagen? Charlotte sieht sich um. Pommes steht
mit hängenden Schultern und unschlüssigem Gesichtsausdruck wenige Meter hinter ihr. Sie lächelt ihm zu, der gequälte Versuch eines
Lächelns kehrt zu ihr zurück. Pommes Mutter befindet sich unmittelbar neben ihm. Ihre braunen Augen flackern wie glühende Kohle,
mit Lippenstift angehübschte zusammengepreßte Lippen bewegen sich
ungeduldig mal nach links und mal nach rechts. Sieht sie Patienten
oder andere Mitglieder des Schulelternbeirats weicht die starre Mimik
für einen kurzen Moment einem falschen Lachen. Ohne Augenbetei-

ligung. Ohne freudiges Zeichen des Erkennens. Einfach nur: Offene Lippen auseinanderziehen, Zähne zeigen und gewisse Töne von sich geben. Im Lehrbuch beschriebene physiologische Vorgänge nachspielen. Aus.

Der Sicherheitsdienst hat viel zu tun. Eine Person nach der anderen nimmt den Weg durch die Schleuse. Paare, Familien, alle kommen sie. Vor einer halben Stunde hatte sich Justus von Schreyhammer mit der charakteristischen Nase, die verdächtig dem abgebissenen Ende eines Bratwurstzipfels ähnelt, händeschüttelnd durch die Menge geschoben.

Elsie Knopp, heute im dunklen Kostüm, schick und unnahbar, fädelt sich ruhig in die Schlange der Wartenden ein. Pommes Großvater ragt unbemerkt vom Rest seiner Familie hinter ihr auf. Mit den Händen in den Hosentaschen wartet er unauffällig. Charlotte staunt über die unerwartet hohe Zahl älterer und alter Menschen. Komisch, ob die alle so alte Eltern haben? Ah, vielleicht kommen sie alle wegen der Seniorenpflege! Obwohl sie keineswegs gebrechlich aussehen. Na ja, morgen wird sie Pommes in der Pause fragen, welche Eindrücke er hat.

Pauls Großvater, ein ziemlich hochgewachsener Mann, beugt sich ein wenig zur Seite, um einem weniger großen Menschen etwas ins Ohr zu flüstern. Der weniger große Mensch lächelt sanft. Die beiden kennen sich offensichtlich. Pandit Patel! Na so etwas! Paul hat nie etwas erzählt. Charlotte kommt aus dem Staunen nicht heraus. Mit offenem Mund steht sie da und schaut rückwärts. So lange, bis Dr. Patels Blick mit sanfter Ruhe genau in ihre Pupille trifft. Höflich nickt sie ihm zu, klatscht ab und geht mit Mutter und Oma durch die Schleuse.

Pommes und Fritz, das neu gegründete konspirative Duo, hätte natürlich lieber zusammengesessen und die Ereignisse zwischendurch kommentiert. Allein die Idee scheint heute nicht ratsam.

Die Werbemonitore, die sonst für einnahmeträchtige Werbesendungen bei Veranstaltungen genutzt werden, dienen heute einem anderen Zweck. 'Das Ereignis in der Schulpädagogik' wird marktschreierisch angekündigt. 'Ungeahnte Entlastung für Eltern', 'Neue Methoden der Leistungssteigerung bei Schülern', 'Steigern Sie die Einnahmen Ihrer Schule zum Wohle des Kindes' - so und so ähnlich lauten die Botschaften, die in Spruchbändern über die Monitore laufen. So langsam, daß jeder sie lesen kann. 'Neuer Wein aus alten Schläuchen', 'Gesellschaftliche Innovation', 'Helfen Sie Ihrem Kind durch die Bildungsjahre', 'Ihr Kind sichert Ihre Rente von morgen'.

Charlotte fragt sich, was das mit Seniorenpflege und den Betten zu tun hat, die ganz gewiß in den Nebengebäuden aufgestellt sind. Kurz, nachdem die Gardinen aufgehängt wurden, brachten Fachleute elektrische Jalousien an. Jetzt kann man nicht mehr hineinsehen. Sie wirft Pommes rasch einen fragenden Blick zu, er zuckt nur hilflos die Achseln. Im Moment muß man abwarten, scheint sein Blick zu sagen. Seine Mutter beobachtet das Augenspiel, raunzt ihn hörbar zischelnd an: "Du bist zu jung zum Flirten. Merke dir das gefälligst!"

Meine Güte, was für eine peinliche Person. Wenigstens Charlotte kann denken was sie will. Elsie Knopp liest alle Botschaften sehr aufmerksam, Pauls Großvater grummelt vor sich hin, Charlottes Großmutter schweigt und beobachtet.

Die Sitzplätze in der Aula belegen sich nach und nach. Unaufhörlich fließt der Besucherstrom in die Halle. Das Rednerpult ist noch unbesetzt. Eine digitale Botschaft kündigt die Hauptperson des Abends an. Justus von Schreyhammer, verdienter Rektor und Schulsystementwickler seit zwanzig Jahren, beliebt und geachtet sowohl bei Schülern als auch im Kollegium und bei Eltern, herausragend geehrt im politischen Kontext der Stadt, wird der Redner sein.

Der Knoten platzt

Hinter den letzten Besuchern schließt sich die Tür. Die Mitglieder des Stadtrates sitzen wie aufgefädelte Perlen im Halbkreis hinter dem Rednerpult. Vom Technikraum aus wird noch eilig das übersteuerte Mikrofon reguliert. Alles ist perfekt und gut organisiert. Punkt zwanzig Uhr ertönt das Signal. Eine schmale Tür neben dem Haupteingang öffnet sich und Schreyhammer schlüpft heraus. Heute im dunklen Anzug und violetter Fliege schreitet er selbstbewußt mit raschen Schritten durch die Menge, die ihn schweigend und erwartungsvoll beobachtet. Schwacher Applaus steigt aus den Reihen derer, die da sitzen, auf.

Schwungvoll betritt er das kleine Podium, Bratwurstzipfel und Speckgürtel kommen richtig in Wallung bei diesem Tempo.

"Meine sehr verehrten Damen und Herren, liebe Stadtverordnete, liebe Eltern, ich begrüße sie an diesem für die Geschichte unserer Schule so wichtigen Abend und will unverzüglich zur Sache kommen.

Wie sie wissen, sind wir rastlos damit beschäftigt, das Konzept unserer Schule zu verbessern und damit selbstverständlich auch die Vorteile für sie als Eltern zu erhöhen. Bis zum maximalen Punkt der Möglichkeiten voranzutreiben".

Schreyhammer wischt sich hastig die Stirn, stopft das Läppchen in die Hosentasche zurück. Die Zwecklosigkeit dieses Unterfangens wird im Scheinwerferlicht deutlich: Sofort glitzern neue Schweißperlen auf Stirn und Nase. Der Streithammel verlagert sein Standbein, die linke Hand wandert in die Hosentasche und schließt sich dort fest um das zusammengeknüllte Läppchen. Während er weiter spricht, umreißt seine breite rechte Hand in weiten Zügen das Konzept. Schreyhammers Krähenstimme krächzt und rollt von seinem Kehlkopf aus durch die kabellosen Verbindungen direkt ins Ohr der Zuhörer. Bei manchen Lauten müssen sie sich etwas anstrengen. Später werden sie den mit einem Spracherkennungsprogramm aufgezeichneten Text im Online-protokoll nachlesen können.

"Wie sie unschwer erkennen können, liegt unser Schwerpunkt auf der Zufriedenheit unserer Kunden. Sie als Eltern müssen jederzeit, täglich und stündlich, einen Einblick in unsere Leistungen nehmen können. Sie müssen sich darauf verlassen können, dass ihre Kinder, die sie ganztägig in unsere Obhut geben, lückenlos gebildet und ge-fördert werden. Dass ihre Kinder sozusagen das volle Spektrum un-serer Möglichkeiten nutzen, um später als gut ausgebildete Bürger und Bürgerinnen unseres Staates weiterhin die Garantie für unser aller Altersversorgung übernehmen können.

Sie als Eltern und Bürger bzw. Bürgerinnen unseres Staates sind quasi Anteilseigner an unserer Schule." Schreyhammer lacht leise und tut so, als schaue er jeder Person fest in die Augen. Sein Gesicht mit der für manche unapetittlichen Nase wendet sich in alle Richtungen.

"Ihnen gebührt die Ehre, denn nur durch ihre Steuern und ihre finanzielle Beteiligung in Form des monatlichen Schulgeldes wird unser komfortables System am Leben gehalten. Sicherlich geht ein Pflichtteil an die Schule, den auch wir müssen nicht nur durch kluges Wirtschaften, sondern auch durch Werbeeinnahmen, Kapitalsparver-träge mittels Investmentfonds und sonstige Aktionen sehen, wie wir zu Geld kommen. Denn, meine sehr verehrten Damen und Herren, unser Staat ist nicht mehr in der Lage, Wissenschaft und Forschung, komplett zu finanzieren.

Kurz und gut", Schreyhammer versucht, ein weiches Lächeln in seine Krähenstimme zu zaubern, "wir stehen noch lange nicht vor dem Aus. Dennoch müssen die Schulen in diesem unserem Lande wettbewerbs-fähig bleiben, die Konkurrenz schläft nicht."

Elsie Knopp sitzt ruhig mit vor der Brust verschränkten Armen im Auditorium, sie lässt sich kein Wort entgehen. Innerlich angespannt bis zum Äußersten hat sie es doch durch jahrelange Übung geschafft, von außen völlig unberührt auszusehen. Einzig Feuerhaar sitzt mit gerunzelten Brauen ungeduldig auf ihrem Sitz, lässt blaue Flammen aus ihren Augen lodern. Elsie Knopp verkneift sich sogar das Grinsen, was sich bei Feuerhaars Anblick unwillkürlich einstellen will. Ich lebe im Land des Lächelns, denkt sie mit rauhem Spott, wie es in mir aussieht, geht vorerst keinen etwas an. Charlotte hypnotisiert Pommes' lockigen Hinterkopf, erwartet ungeduldig die Einlage mit dem Altenheim und den Aufschluß darüber, was das mit ihnen und der Schule zu tun haben wird. Vielleicht müssen wir noch Geld verdienen, indem wir dort hauswirtschaftliche Tätigkeiten übernehmen oder so. Der Vorteil für unsere Eltern könnte darin liegen, dass ihnen ein Teil des Schulgeldes erlassen wird. Na ja, mit voller Begeisterung würde sie sich diesem Entschluß nicht beugen können.

"Wir sind Pioniere", Rektor von Schreyhammer redet sich allmählich in Feuer, "Pioniere eines neuen Schulgeistes, der innovativ das Bisherige überflügeln und die Konkurrenten ausschalten wird. Wir wollen keine Abwanderungszahlen hinnehmen, keine Beschwerdestelle für Eltern finanzieren müssen. Nein!" Donnernd kracht die rechte Faust aufs Pult. "Wir halten unsere Versprechen. Und sie, sie, meine Damen und Herren, werden heute Abend historische Zeugen einer sensationellen Entwicklung, deren Grundzüge bereits in Absprache mit dem Stadtrat nicht nur erarbeitet, sondern bereits geschaffen wurden".

Schreyhammer weist mit dem rechten Arm über die Sitzplatzreihe der stolzen Stadtratsmitglieder hinaus, über deren Häuptern gerade ein überdimensionaler ultraflacher Monitor ähnlich einer Kinoleinwand aufflammt. Früher hätte man für solche Arten von Präsentation einen Beamer verwendet. Dieses Instrument ist wahrhaftig historisch, wegen der hohen Störanfälligkeit verlässt man sich heute auf direktere Einspeisung von Daten.

Millionen kleiner Pixel setzen im Bruchteil einer Sekunde das vollständige Bild der Schule mit allen Nebengebäuden zusammen. Man sieht ihm an, es ist brandneu. Die Nebengebäude, an denen so unauffällig gearbeitet wurde, sind mittlerweile gestrichen worden. Anthrazit, so fanden die Macher, sei der optimale Farbton zum grauen Gestein. Da hockt sie, die riesige, kampfbereite Agakröte, das steinerne und doch höchst lebendige Monster aus Charlottes Albtraum. Dieses trutzige Froschmaul mit den anthrazitfarbenen Handschuhen. Abscheulich! Charlotte schüttelt sich und merkt mit innerlichem Entsetzen, dass sie ihre Schule nicht mag. Nie zuvor hatte sie die Möglichkeit ergriffen, über ihre vollgestopften Schultage nachzudenken. Stets lebte sie mit dem Gefühl der Unabänderlichkeit und einer Schere im Kopf. Sie erschrickt vor ihren eigenen Grausen. Im Grunde genommen muss sie sich überwinden, dem ganzen Geschmack abzugewinnnen.

Oh mein freier Tag! Wie habe ich ihn genossen. Charlotte sinniert, während sich Schreyhammer einen abhampelt. Zeit zum Nachdenken ist der absolute Luxus. Ihre Augen verengen sich zu Schlitzen, sie beugt sich vor und sieht Pandit Patel mit ungewohnt aschfahler Haut kerzengerade neben Pommes Großvater sitzen, der mit nach unten gezogenen Mundwinkeln und spöttischem Gesichtsausdruck von Schreyhammers Rede lauscht. Vielleicht ist Nachdenken unerwünscht..... Dieser Satz fächelt sich wie ein zartes Spruchband durch Charlottes Gehirn. Erst als das Wort ’Leistungssteigerung’ lässt ihre Aufmerksamkeit zum Rednerpult zurückfedern.

“Ja meine Damen und Herren, helfen sie ihrem Kind durch die harten Bildungsjahre, indem sie dazu beitragen, seine persönliche Leistungssteigerung zu motivieren. Unsere sensationelle, innovative pädagogische Idee und damit das Angebotsvorrecht an sie, liebe Eltern“, Schreyhammer lächelt listig, “wird selbstverständlich zuerst ihnen als Ortsansässigen unterbreitet, bevor der Strom der Zuwanderer aus anderen Schulen zu uns fließt. Wie sie erkennen können, haben wir in einer entschlossenen Aktion für unseren Kundenstamm aus Ersparnissen die bislang ungenutzten Nebengebäude renoviert und eingerichtet.“ Justus von Schreyhammer verschnauft, gönnt dem Auditorium eine Pause, um die unzähligen zusammengesetzten Pixel zu betrachten. Sein beifälliger Blick wandert zum Stadtrat, dessen

Mitglieder zufrieden nicken. Bis jetzt ist alles prima gelaufen, scheinen ihre Blicke zu sagen. Weiter so, Schreyhammer.

"Andere Schulen werden unserem Modell vereinzelt nachziehen. Wie gesagt, wir haben die Nebengebäude eingerichtet und Wohneinheiten daraus gemacht. Ab sofort können ihre Kinder gegen eine entsprechende Gebühr wochentags, auf Wunsch auch gerne am Wochenende, dies allerdings gegen einen finanziellen Aufschlag, in der Schule übernachten. Wir versprechen uns davon eine Leistungssteigerung, denn ihre Kinder sparen die Wege mit dem Shuttlebus, müssen nicht mehr so früh aufstehen und abends nicht noch Zeit für den Heimweg opfern. Somit bleibt mehr Zeit zum Lernen, sie halten sich permanent in einer bildungsfördernden Umgebung auf. In den Abendstunden stellen wir einen Internetzugang und Literatur in englischer Sprache zu Verfügung.

Sie als Eltern können dann, allerdings nur als Eltern von Kindern im Teilinternat, online wöchentliche Leistungsnachweise abrufen.

Sie sind völlig frei in den Unternehmungen ihres Berufes und der nebenberuflichen Weiterbildung. Völlig frei auch in der Gestaltung ihrer sauer verdienten Feierabende, an denen sie sich bislang noch der Betreuung und Förderung ihres Nachwuchses widmen mußten. Sie sparen Kosten für Ernährung und Körperpflege im häuslichen Bereich, auch für Ansprache, Wäschepflege und Erziehungsarbeit in den Abendstunden sind sie nicht mehr zuständig. Die Gebühr, die wir für diese Entlastung erheben, ist ein fairer Preis. Ihre Kinder werden auf dem Weltmarkt zu konkurrenzfähigeren Bürgern, sie sich um die immer spezielleren Arbeitsplätze bewerben können und somit die Altersversorgung unserer Gesellschaft am Leben halten.

Selbstverständlich sind Kinder im Teilinternat rundum versichert. Wir bieten ihnen sozusagen gegen relativ geringes Entgelt die Übernahme der totalen Verantwortung!"

Aus manchen Ecken kommt sofort tosender Applaus, während das Bild einer Wohneinheit mit jeweils drei Betten, drei Spinden, drei PC's und einem Fenster aufleuchtet. Die Alten sitzen erstarrt und schweigen. Andere Eltern wiederum, wie zum Beispiel Charlottes Mutter, scheinen auf den ersten Blick nicht zu wissen, was von der Sache zu halten sein soll. Charlotte faßt sich ans Herz, sie fühlt sich bis ins Mark erschrocken. Pommes dreht sich mit bleichem Gesicht zu ihr um. Er ist fast am Weinen. Seine Mutter rempelt ihn sofort ungnädig an, ruft ihn zur Ordnung. Mit tiefer Traurigkeit begreift Charlotte spontan, weshalb ihn die Dinge derart beunruhigt haben. Sie spürt, wie ihr von ganz unten die Tränen in die Augen steigen.

Ihre Mutter legt den Arm um ihre Schultern, flüstert ihr ins Ohr: "Du gehst mir da nicht hin. Es sei denn, du wünscht dir das. Aber selbst dann, das verspreche ich dir, werden wir noch einmal darüber reden. Wenn das keine Pflicht wird, bleibst du gefälligst bei uns zuhause!".

Pandit Patel zieht die Brille ab und schlägt die feingliedrigen Hände vors Gesicht. Feuerhaar und Kohle drehen sich in aller Öffentlichkeit zueinander um. Nicken sich bestätigend zu. Es geht los!

Schreyhammer will keine Muße aufkommen lassen, zügig treibt er das Verfahren voran. "Nach dem Wochenende schon können ihre Kinder einziehen. Die dazu notwendigen Vorbereitungen sind abgeschlossen. Wir haben das Sicherheitspersonal um eine Person, die sich speziell um die Überwachung des Teilinternats kümmert, aufgestockt. Über Tage benötigen wir niemanden, alle Kinder werden in der Schule sein. Sie sind die ersten, die sich erfolgreich an diesem Unternehmen beteiligen können! Ihnen gebührt der Vorrang! Ab Mitternacht werden sämtliche Informationen über das Teilinternat inklusive Anmeldebogen und Vertragsformular im Internet abrufbar sein. Wir rechnen mit einer ungeahnten Flut von Anmeldungen! Die Anzahl der Plätze jedoch ist aus verständlichen Gründen begrenzt, das Angebot ist exklusiv. Wir haben hier vorne neben dem Pult alle notwendigen Formulare für sie vorbereitet. Anmeldungen, die nach Mitternacht eingehen, werden dem allgemeinen Pool der Formulare zugeschlagen. Im Notfall entscheidet das Los!".

Pommes' Mutter erhebt sich, streckt sichtbar dem rechten Arm in die Luft, um eine Wortmeldung abzugeben. Ihr Gesicht unter dem strähnigen Haar glänzt vor Zufriedenheit. Knallrot geschminkte lasche Lippen auf fahler Haut schmatzen satt. "Als Vorsitzende des Schulelternbeirats begrüße ich diese Maßnahme ausdrücklich! Es hätten schon längst ganz andere Programme gefahren werden müssen!" Selbstgefällig blickt sie in die Runde, aufgebläht durch ihre empfundene Wichtigkeit redet sie rasch weiter. "Natürlich haben wir festgestellt, und das anhand der Leistungsnachweise unserer Kinder auch dokumentiert, daß das Leistungsniveau deutlich sinkt, daß sie als Schule versuchen, dem Thema aus dem Wege zu gehen, daß das Schulsystem am Versagen ist. Die Angebote, für die wir schließlich auch bezahlen müssen, reichen nicht aus! Wir hätten sowieso bei der nächsten Versammlung einen Überprüfungsantrag gestellt. Nun stelle ich fest, wir sind uns einig! Nehmen sie bitte zur Kenntnis, daß ich die erste bin, die ihr Kind anmeldet!"

Ohne von Paul auch nur Notiz zu nehmen, stakst sie unter dem Applaus der übrigen Elternbeiräte und etlicher anderer Eltern umgehend zu dem Tisch neben dem Rednerpult, füllt mit flinker Hand ein Formular aus, unterschreibt, knallt den Kuli demonstrativ auf die Tischplatte, geht stolz mit vorgerecktem Kinn und glitzernden braunen Augen zu ihrem Sitzplatz zurück.

Pommes' Gesicht hat die Farbe einer trockenen Nudel. Seine prachtvollen dunklen Locken und sogar die unzähligen lustigen Sommersprossen sind verblaßt, volle Lippen sind im Augenblick spröde geworden. Sogar der Zahnschmelz ist völlig eingetrocknet. Seine Zunge liegt wie ein verrotteter Pelz wertlos im Gaumen. Unfähig auch nur ein Wort zu sagen hängt sein Körper einer überreifen Apfelschale ähnlich im Sitz. Seine wortlose, ungreifbare Befürchtung ist mit einem Schlag bittere Wahrheit. Seine Mutter würdigt ihn eines strafenden Seitenblicks. Sie rempelt in an und zischt hörbar: "Sitz anständig!!!"

Charlotte verfolgt das Geschehen ungläubigen Blickes, sie fühlt sich ratlos, wortlos, gedankenlos. Ihr Herz ist eine Etage höher gehoben. Wie einer der uralten Pfahlbauten aus der Menschheitsgeschichte steckt es jetzt in ihrem Hals, seine Stützpfeiler gründen irgendwo. Unter dem Boden ist Luft. Bodennebel wabert leise. Von Erde und Wasser ist nichts zu spüren. Mit beiden Händen umklammert sie rechts die Hand ihrer Mutter, links die ihrer Großmutter. Feuerhaar drückt die klammen Kinderfinger begütigend und zuversichtlich. Einzig ihre entschlossene Kraft hält Charlotte in dieser Welt.

Pommes und Fritz, das konspirative Duo, ist vorerst gesprengt.

Leonardos Vater rückt sich eben den Hosenbund gerade und quetscht sich neben Justus von Schreyhammer in das enge Rednerpult, legt ihm jovial den Arm um die Schultern. Mit der ihren freien Händen üben sie den Händedruck der Politiker, der auf allen Pressefotos so beliebt ist. Mit fetten Gesichtern strahlen sie sich an, beglückwünschen sich zum großen Erfolg des Unternehmens.

"Meine sehr verehrten Damen und Herren", Leonardos italienischer wuchtiger Vater, Mitglied im Stadtparlament, reckt sich, "bitte erlauben sie, wenn ich in meiner Funktion als Kommunalpolitiker und auch als Vater eines Kindes an dieser Schule, das Wort an sie alle richte. Selbstverständlich haben wir im Stadtparlament diesem Vorhaben zum Wohle ihrer, unserer Kinder zugestimmt. Schließlich wollen wir das Beste für unser aller Zukunft. Mein Sohn wird selbstverständlich auch an dieser erfolgsträchtigen Maßnahme teilnehmen und ich werde ihnen nach der kommenden Wahl weiterhin als Volksvertreter in vollem Umfang zur Verfügung stehen!"

Fast ruft er die Worte ins Publikum. Unter dem Applaus der Befürworter beugt er sich über das Pult hinaus und angelt sich rasch eines der begehrten Formulare, während die Eltern der Anwärter bereits eine Warteschlange bilden.

Die Alten schweigen. Manche Gesichter scheinen zu Stein erstarrt, bei anderen scheint das Entsetzen eingefroren. Feuerhaar und Kohle strahlen Entschlossenheit aus. Jetzt ist der Zeitpunkt gekommen, ihre lang gehegten Pläne umzusetzen! Pandit Patel ist es irgendwie gelungen, sich neben Elsie Knopp zu schmuggeln und auf feine Weise seinen Platz mit irgendjemand zu tauschen. Er schaut beiden Frauen offen ins Gesicht. Sein rechter Daumen zeigt steil nach oben.

Es geht los!

Während Leonardo, Pommes und viele andere Kinder am Wochenende ihre Sachen packen, schicken Feuerhaar und Kohle die extra in Geheimsprache verfaßte Email für den Ernstfall los:

"Steh' morgen bloß früh auf du fauler Sack, wir wollen wandern gehen!" Dieser Satz leuchtet umgehend auf allen Monitoren der aktiven und stillen Mitglieder der FFE auf. Derjenigen Partei, die Freedom For Ever zu ihrem Programm erhoben hat.

Alle wissen was zu tun ist. Dieser Satz, der als Mobilmachung gilt, kommt zur gleichen Zeit in allen Bundesländern Deutschlands an. Alle Ortsgruppenvorsitzenden sind wach und gerüstet. Die Parteibüros sind ab sofort rund um die Uhr geöffnet. Manches private Konto entpuppt sich als offizielles Spendenkonto für die Partei. In weiser Voraussicht wurde bereits über Jahre hinweg gesammelt und eingezahlt. Das Vermögen ist nicht unerheblich. Alle Homepages sind aktualisiert. Onlineformulare, mit denen man sich zur aktiven Parteimitgliedschaft anmelden und bekennen kann, werden reihenweise aufgerufen und ausgefüllt. Schlagartig und über Nacht wächst die kleine, stille, unscheinbare und verlachte Partei zu einem Umfang fast unvorstellbaren Ausmaßes.

Anmeldungen werden elektronisch gezählt, bei allen Ortsgruppen flächendeckend zusammengeführt. Die Millionenmarge ist rasch erreicht. Ein Ende der Anmeldungen ist nicht in Sicht. Ortsgruppenvorsitzende wählen per Email drei wichtige Positionen:

Ersten Vorsitz, zweiten Vorsitz und Pressesprecher. Die Partei muß schließlich handlungsfähig werden. Der stille Geschäftsführer, der für allgemeine Koordination und das Finanzwesen zuständig ist, wird zum aktiven erhoben. Herzliche Glückwünsche gehen umgehend zurück an:

Frau Cordula Fritz, erste Vorsitzende der Partei!

Frau Elsie Knopp, zweite Vorsitzende der Partei!

Pandit Patel, Pressesprecher!

Pommes' Großvater quittiert schmunzelnd seine Ernennung zum offiziellen Geschäftsführer

Der Umzug

Der Einzug der Kinder ins Teilinternat wird pressewirksam inszeniert. Die gläserne Eingangsschleuse ist heute zur Feier des Tages mit einer bunten Blumengirlande umkränzt. Offizieller Unterrichtsbeginn ist eine Stunde später. Einziehende werden gebeten, gleich im ÜbadrüSch zu erscheinen. Stolze Eltern im Feiertagsornat stehen erwartungsvoll um sie herum. Die Kandidaten, so werden die Bewohner des Teilinternats ab heute genannt, stehen alphabetisch geordnet hintereinander in einer Reihe. Hell- und dunkelblaue ÜbadrüSchs wechseln sich ab. Jedes Kind trägt ein Bündel mit notwendigen Dingen vor der Brust.

Rechts neben der Schleuse ist ein Rednerpult mit Beschallungsanlage aufgebaut. Justus von Schreyhammer, seines Zeichens stolzer Rektor und Schulsystementwickler, wird von dem Politiker mit dem Plan, der heute unter Aufbietung aller gängigen Sicherheitsmaßnahmen anwesend ist, für sein Engagement, sein innovatives Wirken auch für die Kasse der Schule, geehrt und beglückwünscht.

Der Platz vor der Schule ist gerammelt voll. Alle Schüler und Schülerinnen sind heute verpflichtet, diesem großartigen Ereignis beizuwohnen. Ihre Eltern selbstverständlich auch. Nur wer tatsächlich außerordentlich wichtige berufliche Gründe geltend machen kann, bleibt fern. Eltern im Feiertagsornat gebührt die erste Reihe.

Die Stadtverordneten stehen dicht gedrängt um das Rednerpult. Eifrig bestrebt, dem Politiker mit dem Plan die Hand zu schütteln und sich möglichst dabei fotografieren zu lassen. Linientreue ist wichtig für die Karriere!

Der Politiker mit dem Plan liest von einem für das Publikum unsichtbaren Teleprompter die Namen all derer ab, an die überschwengliche Grußworte ausgesprochen werden. Im Grunde sind sie ihm egal, Namen sind Schall und Rauch. Bereits wenn er sich zum nächsten Termin umdreht, wird er sie vergessen haben.

Im allgemeinen Geraune des Publikums sind die stolzen Worte allerdings nur als Geräuschfetzen zu verstehen. Es hilft auch nicht, wenn sich Eltern im Feiertagsornat gereizt umdrehen.

Elsie Knopp und Pandit Patel stehen mit im Publikum. Sie haben ihre fristlose Kündigung bereits eingereicht und sind frei. Ihre Begründung ist dermaßen ausgetüftelt und dem Schulsystem gegenüber derart ablehnend formuliert, daß kein vernünftiger Mensch auch nur den Funken eines Interesses an ihrer Weiterbeschäftigung haben kann. Außerdem gibt es genügend gut qualifizierte, jüngere und billigere Arbeitskräfte, die begierig sind, die Nachfolge zu den gängigen Konditionen anzutreten und sich zu beweisen.

Cordula Fritz hat ihre Enkelin am Wochenende lange im Arm gehalten und versucht, die Sachlage mit ihr zu erörtern, sie zu trösten und so weit als möglich, die nächsten Schritte mit ihr zu besprechen.

"Wir werden das nicht zulassen!" Dieser Satz ist zum Standardrepertoire der Großmutter geworden. "Nein, nein und niemals nein!" Dieser auch. Das alles hat zumindest so weit geholfen, daß Charlotte nachts wenigstens schlafen konnte. Auch ihre Mutter ist empört, sie hat mit ihrer Schwiegermutter das ein oder andere lange Gespräch geführt und die Nacht zum Tage gemacht. Dementsprechend sehen die beiden auch aus. Übernächtigt, mit Ringen unter den Augen. Dennoch leuchtet ihr Feuer der Entschlossenheit aus allen Knopflöchern. Wie man so schön sagt.

Pommes hat zuhause ohne Boxhandschuhe auf seinen Sandsack eingedroschen. Seine Beinarbeit hat er durch Kickboxtritte auf den Sandsack ergänzt. Wie ein Irrer hat er schweißüberströmt getobt, Schweißtropfen sind von seiner heißen Stirn aus brennend in seine aufgerissenen Augen geflossen, um sich dort mit noch heißeren Tränen zu vermischen.

Diskussionen mit seinen Eltern um das 'Warum' waren zwecklos. Sein Vater, der doch sonst wenigstens in aller Heimlichkeit seine Partei ergriffen und ihn unterstützt hatte, wollte sich nicht in aller Öffentlichkeit blamieren. Schließlich gelte seine Anmeldung für beide Eltern. Außerdem soll er doch fürs Leben lernen. Ginge er gleich durch die harte Schule, härte ihn das für die Zukunft ab. Er solle keine Memme sein, schließlich sei er ein Mann. Überhaupt gelte noch die Option, am Wochenende zuhause zu sein. Bis jetzt.

Bei seiner Mutter hatte er es, obwohl er sie kennt, auch probiert. Hättest du mich nicht wenigstens fragen können? Warum muß das sein? Wann soll ich mich überhaupt ausruhen? Meinst du denn, das ist gesund? Das und anderes waren seine Fragen. Aufgeregt und unheimlich sauer schrie er sogar: "Soll ich das mit dir machen oder was?"

Das Ergebnis war eine schallende Ohrfeige. Obwohl das Schlagen von Kindern seit langer Zeit verboten war und seine Mutter das wissen müßte. Ihrer Ansicht nach konnten Eltern grenzenlos über ihre Kinder bestimmen. Auch als Mutter konnte man sich nicht immer beherrschen, das war ja wohl verständlich. Pommes war ihr Objekt, sie trug in ihren Augen die maßgebliche Verantwortung für seine Bildung. Ohne Intellekt und Leistung war man nichts, wurde nie etwas. Höchstens ein Schandfleck für seine Eltern.

Nach der Ohrfeige, das Mal leuchtete rot auf Pauls blasser Wange, schnappte sie ihn am Kragen seines Hemdes und schüttelte ihn. "Das eine will ich dir sagen, mein Bürschchen," Speicheltropfen schossen aus ihrem strafenden Mund, "so lange du deine Füße unter meinen Tisch streckst und in meinem Haus wohnst, so lange habe ich dir zu sagen, was du zu tun hast! Du bist zu jung, zu ungebildet und zu unerfahren, um Entscheidungen von solcher Tragweite zu übersehen und zu treffen! Du hast dir diese Maßnahme selbst zuzuschreiben!" Der Spott in ihrer Stimme war nicht zu überhören, Pommes hatte ihrer Häme nichts entgegenzusetzen. "Du bist schließlich derjenige, der immer schlechtere Noten nach Hause bringt. Auch wenn die Leistungsminderung nur graduell ist. Aber, mein Lieber, ich dulde auch keine graduellen Unterschiede. Und", ihr Ton wurde mit jeder Sekunde lauter und zorniger, "ich dulde auch keinen dummen Sohn im Haus! Es reicht mir schon, mit einem Loser von Juristen verheiratet zu sein, der es nicht einmal zu einer eigenen Kanzlei bringt!"

"Du hast auch keine Praxis!" Klatsch. Pommes schien völlig den Verstand verloren zu haben. Die nächste Ohrfeige hatte er sich bereits eingefangen. Gedemütigt und fassungslos zornig kämpfte er um sein Leben. "Leiste du erst einmal was ich geleistet habe und dann reden wir weiter". Die kalte Stimme seiner Mutter schneidet wie heißer Stahl durch sein Gehirn und seine Seele.

"Du bist ein Niemand, mein Lieber. Nichts als ein Niemand. Ich gebe dir die Chance, dich zu erheben. Leider hast du meinen Intellekt nicht geerbt. Lerne, erhöhe dein Leistungsniveau, sonst bleibst du am Wochenende auch noch dort. Diese Schule ist so ausgefinkelt, daß doch sogar einem Trottel der ein oder andere Geistesblitz zu entlocken sein wird!"

Pommes bekam fast keine Luft mehr, weil der Griff seiner Mutter den Kragen so unbarmherzig zusammenzog, daß der Hals buchstäblich auch noch von außen zusammengepreßt wurde.

Hilflos wie ein Insekt zappelte er am langen Arm seiner Mutter. Deren schweißnasses Gesicht leuchtete fahl, zusammengepreßte Lippen mit scharfen, nach unten gezogenen Mundwinkeln bildeten einen starken Kontrast zu den vor Zorn schwarzen Blicken. Vor Anstrengung fettig gewordenes Haar ragte über die Ohren. "Geh' jetzt in dein Zimmer und packe. Kein Wort mehr!" Ihre heisere Stimme verwies ihn seines augenblicklichen Standortes.

Halb blind ging er ihn sein Zimmer, schloß die Türe ab und drosch. Drosch, bis nicht nur seine Augen und sein Hals brannten. Drosch, bis der grenzenlose Schmerz des Hasses, der Hilflosigkeit und der Demütigung in seiner Brust etwas besser wurde. Drosch ohne Boxhandschuhe, bis seine Knöchel vor Schmerz taub wurden.

Krank im Herzen heulte er erschöpft die Nacht über in sein Kissen, packte erst am frühen Morgen. Als es draußen dunkel wurde, löschte er das Licht und urinierte zum offenen Fenster hinaus. Um nichts in der Welt hätte er in diesem Zustand seiner Mutter gegenübertreten wollen.

Pandit Patel war nach der Versammlung still nach Hause gegangen, umarmte seine Frau und sah ihr fest in die Augen. "Es ist soweit, Liebste. Wenn es vorbei ist und wir gewonnen haben werden, werden wir in unsere Heimat zurückkehren und dort ein eigenes Kind haben. Egal, ob es ein Junge oder ein Mädchen wird, wir werden es lieben und unterstützen, mit allem, was wir können und haben". Sie lächelten sich an und küßten sich.

Pommes' Großvater, ein sportlicher Mensch, rannte fast nach Hause. Im raschen Gang noch krempelte er die Ärmel bis zu den Ellenbogen hoch, schleuderte im Flur die Schuhe in die Ecke, rief ein kurzes Hallo zu seiner Frau und verschwand im Arbeitszimmer. Stuhl geraderücken und Rechner hochfahren waren eins. Sofort aktualisierte er die Homepage, stellte das seit langem vorbereitete Parteieintrittsformular ins Netz, checkte die Konferenzschaltung zu allen anderen Ortsgruppen in den verschiedenen Bundesländern und hockte ohne Abendessen aufgeregt bis tief in die Nacht vor seinem Monitor, an dem er mit freudigem Grimm das unwahrscheinliche Anwachsen der gesamten Parteigröße verfolgte.

Leonardo, der schon vorher gewußt und geahnt hatte, was abgeht, schaute seinem Vater, der schwungvoll das kleine Bündel schnürte, mit großen Augen und zitternden Lippen zu. Widerstand ist zwecklos. Das weiß er.

Nun stehen sie alle hier, Feuerhaar und Kohle reichen sich die Hand, Charlotte schmiegt sich an ihre Großmutter. Laudatio und Grußworte sind unter dem Stakkato der Presseblitzlichter mittlerweile als erledigt abgehakt. Es kann losgehen.

Die Warteschlange der krumm gebeugten ÜbadrüSchs steht ruhig. Auf ein Zeichen des Rektors hin spielt die eilig zusammengetrommelte Schulkapelle einen Marsch. Der Einzug beginnt. Stolze Eltern im Feiertagesornat applaudieren begeistert, ein Kind nach dem anderen klemmt sein Bündel fest, klatscht mit der freien Hand ab, geht jeweils einzeln für alle sichtbar durch die gläserne Schleuse, wird vom Sicherheitsdienst gescannt und verschwindet im Nebengebäude.

Das Fernsehen ist selbstverständlich dabei, um das Ereignis für die Massen festzuhalten. Pommes' Mutter lächelt selbstgefällig in die Kamera und winkt. Der abweisende Gesichtsausdruck seines Vaters wird unabsichtlich mit eingefangen. Die Kamera schwenkt auf ihrem fahrbaren Stativ über den ganzen Platz, nicht nur der Kameramann wundert sich über die Vielzahl schweigender Großeltern auf dem Gelände. Später wird sich die Berichterstattung über die veralteten Betonköpfe, die pädagogische Entwicklungen nicht zu würdigen wissen und der schulischen Innovation gewiß im Wege stehen, auslassen. Die Stimmung wird als ausgelassen, feierlich bis hin zu besonnen und abwartend beschrieben. Bis auf die Alten, die unbewegt und stoisch auf ihrem Platz stehen.

Die Woche

Die Schülerschaft hockt irritiert und ratlos auf ihren Plätzen. Viele Kinder fühlen sich verlassen und krank. Elsie Knopps Verschwinden hat einen Schock in ihnen ausgelöst. Da sie gekündigt hat und ihr nichts mehr passieren kann, beginnen die Kinder, untereinander zu sprechen. In den Pausen stehen sie in Grüppchen beieinander und erzählen sich ihre Geschichten. Nun wird offenbar, wer welches Geheimnis mit ihr geteilt hat. Es waren viele. Kommt die Aufsichtslehrkraft in die Nähe, wird schnell das Thema gewechselt.

Ob Liebeskummer, Arbeitsunfähigkeit wegen häuslicher Streiterei, Bauchweh wegen Albträumen, Angst vor den monatlichen Leistungsnachweisen und den forschenden, ärgerlichen, tadelnden oder auch besorgten Nachfragen der Eltern, Angst vor der Mathearbeit, nicht krank sein dürfen wegen des Leistungsdrucks, mühsames Wachhalten und mangelnde Konzentration wegen ständiger Müdigkeit, alles kommt zum Vorschein.

"Wir können doch nichts dafür". Erschöpftes Achselzucken unterstreicht den Standardsatz der Kinder. Während die Kinder in den Pausen immer nur kurz diskutieren können, liegt Pommes in der Krankenstation, die aussieht wie ein ganz normales Krankenzimmer im Krankenhaus und kotzt. Kotzt sich die Seele aus dem Leib, liegt bleich in den Kissen. Er kommt sich vor wie ein Verlierer. Vom Herausforderer mit der Ferse in den Sand getreten. Momentan fehlt ihm jegliche Vorstellung, wie er die nächsten Tage, Monate und Jahre bewältigen soll. Er will nicht.

Pommes fühlt sich zerstört. Hilflos besiegt, gedemütigt und zermalmt. Nein, das kann er nicht schlucken! Einfach so hinnehmen. das ist nicht seins. Und er kotzt.

Dreschen kann er nicht mehr. Sein Sandsack und die übrigen Utensilien sind mit ungefragter Selbstverständlichkeit zu Hause geblieben.

Sport hat er schließlich in der Schule und abends soll der Faulpelz lernen. Sein ständiges krampfartiges Erbrechen ist ein objektiver medizinischer Befund. Der Schularzt verordnet ihm Bettruhe und verabreicht Medikamente. Für die Nacht kriegt er fiebersenkende Mittel und muß eimerweise, so kommt es ihm zumindest vor, trinken, damit sein Körper nicht so sehr austrocknet. Für drei Tage soll er ihm Bett bleiben, bis dahin müßten sich die übelsten Symptome gebessert haben.

Leonardo wird von neugierigen Fragern umringt. Von Kindern, die die Nebengebäude mit skeptischen Blicken beäugen. Wie es da so ist? Wie es aussieht, was man da so macht und so weiter. Sie wohnen jeweils zu dritt in einem Zimmer. Wegen der Kosten, antwortet Leonardo klug. Sonst, das weiß er von seinem Vater, rechnet es sich nicht für die Schule. Der Gewinn ist zu gering. Es soll ein Privileg sein, im Teilinternat zu wohnen, erklärt er. Für diejenigen Eltern, die sich Bildung für ihre Kinder finanziell leisten können. Wie es ihm gefällt? Nun ja, Leonardo zuckt die Achseln. Viel kann er noch nicht sagen. Die erste Nacht war sehr ungewohnt. Karge Einrichtung, keine Pflanzen, nackte Wände, nur englische Bücher und ein Internetzugang, bei dem natürlich sämtliche Spiele geblockt sind. Er hat es ausprobiert. Scanner und Webcams in jedem Zimmer. Und um zehn Uhr geht das Licht aus.

Webcams? Wieso denn das? Erstaunte Gesichter stellen sich das vor. Davon war doch auf der Versammlung nichts zu hören. Oder hat das Publikum gepennt? Tja, Leonardo mit der zarten, höflichen Stimme, weiß auch darauf eine Antwort. Die Eltern haben unterschrieben. Das mit den Webcams ist privat. Als Vergünstigung erhalten die Eltern der Kandidaten wöchentliche Leistungsprofile online zugeschickt. Außerdem hätten sie als Eltern das Recht, jederzeit zu wissen, was ihre Sprößlinge treiben. Zuhause könnten sie auch je nach Belieben die Kinderzimmertür öffnen und hineinsehen. Damit sie den Kontakt zu ihren Kindern nicht verlieren, können sie jetzt jederzeit die Webcams mit der Zimmernummer anklicken, sich mit ihrem PIN identifizieren, um nach ihren Kindern zu sehen. Dieser Service ist kostenlos.

Vor allem ältere Schüler wie zum Beispiel in Charlottes oder Pommes Alter, wenden sich unbehaglich hin und her. Wenn die Kinderzimmertür aufgeht, kriegt man das ja noch mit und kann jenachdem rasche Gegenmaßnahmen gegen unerlaubte Einblicke ergreifen. Aber so? Über den Einsatz der Webcams haben nur die Eltern die Kontrolle. Unsichtbar und völlig geräuschlos können sie nach eigenem Belieben ins Leben ihrer Kinder blicken. Charlotte schüttelt sich angewidert. Niemals mehr allein sein! Keine Privatsphäre! Keine Kontrolle über das eigene Leben!

Wie soll sie sich selbstvergessen Tattoos an geheimen Stellen anlegen, wie nachdenklich in der Nase bohren, sich am Hintern kratzen oder gar sonst was tun, wenn das Auge jede Information nach außen gibt. Ja, 'Das Auge' ab sofort ist das die allgemein anerkannte Bezeichnung für die Webcams. Eine Unverschämtheit, daß man das zufällig und im Nachhinein erfährt!

Elsie Knopp mit ihren zahlreichen Fähigkeiten hätte das Auge erblinden lassen können, indem sie geschickt den Rechner manipuliert und ihm etwas anderes vorgegaukelt hätte. Das ist Vergangenheit. Was nun?

Wir müssen selbst etwas tun! Diese Devise macht am gleichen Tag die Runde. Wir sitzen in der Misere und müssen etwas tun! Die Pausen reichen fast nicht aus, um Pläne zu schmieden.

Wie heißt das? Den Feind mit eigenen Waffen schlagen? Okay. Von nun an, so beschließen sie, müssen alle Informationen über die Schule und die Kinder an die Öffentlichkeit. Pommes liegt auf der Krankenstation und kotzt? Wer hat Fähigkeiten als Hacker und zapft die Webcam an? Stellt die Bilder ins Netz und zeigt der Welt, wie gut den Kandidaten das neue Modell bekommt? Wer schon einmal auf der Krankenstation war weiß, daß eine Webcam vorhanden ist. Nicht nur, damit vom Dienstzimmer des Personals aus ohne großen Aufwand beobachtet werden kann. Nein, ganz Schlaue haben herausgefunden, daß das Verhalten der Kinder auf der Krankenstation sowie die Art der auftretenden gesundheitlichen Störungen dokumentiert und bundesweit für Vergleichsstudien verwendet wird. Um den Zugang für Wissenschaftler offen zu halten, kann zum Beispiel Doktor X aus Bremen bei Frau Doktor Ypsilon in Karlsruhe in die Krankenbetten schauen. Diese Information stammt übrigens von Elsie Knopp.

Charlotte erzählt reihum wispernd ihr neues Wissen über Feuerhaar und Kohle. Über den geplanten Zusammenschluß der Großelterngeneration. Da arbeiten auch Leute mit, die keine Kinder oder Enkel haben. Einfach deswegen, weil sie sich selbst und Kinder mögen. Freedom For Ever, heißt die Partei. Erzählt sie. Vielleicht können die Kinder zuhause behutsam herausfinden, ob von ihren Großeltern jemand dazugehört.

Freiheit muß man erkämpfen wenn sie fehlt, hat ihre Oma gesagt. Freiheit soll ein natürlicher Zustand sein und doch wird sie einem nicht geschenkt. Man muß sie sich nehmen und fest daran glauben, daß das Recht darauf schon vor der Geburt für einen angelegt ist. Freiheit braucht Mut und Verantwortungsgefühl. Freiheit ist das höchste Gut! Die Menschen, oder besser gesagt viele davon, haben das vergessen und die Verantwortung für sich und andere abgegeben.

Feuerhaar hatte sich richtig in Rage geredet und nach jedem beendeten Satz mit der Faust auf den Küchentisch gehauen. Liebe ist ein Kind der Freiheit! Peng. Der menschliche Geist braucht Freiheit! Peng. Sonst hat er nämlich nur genau zwei Möglichkeiten: Entweder er rebelliert oder er erstickt. Peng!

Charlotte, ganz Enkelin ihrer vitalen Großmutter, verbreitet die Botschaft überall. Noch nie hat sie so oft und so viel mit anderen Kindern in der Schule gesprochen. Ihr Vater befindet sich leider auf einer langen Geschäftsreise, sonst wäre er vielleicht sogar stolz auf sie gewesen. Vielleicht sogar gerade deswegen, weil sie so anders ist als er.

Die Kinder vereinbaren folgendes:

Sie finden heraus, wer ihrer Senioren zu der Partei gehört. Alle Informationen über die Schule werden dorthin geleitet, heimlich natürlich, am besten im Gespräch, weil man sich dort für eine Verbesserung der Situation der Kinder einsetzen will. Wer entsprechende Senioren kennt, wie zum Beispiel Charlotte, leitet Informationen über geplante Schritte von dort an die Kinder weiter. Wer kann, recheriert im Internet. Über menschliche nationale und internationale Grundrechte, über Freiheit im Besonderen und im Allgemeinen, über die Rechte der Kinder dieser Welt und über all die Dinge, die man braucht, um wirklich zu lernen, was und wie man lernt. Sie werden mit den Senioren und Seniorinnen zusammenarbeiten!

Die Alten spinnen!

So und so ähnlich lauten die Schlagzeilen der nächsten Tage.

Was ist geschehen? Pommes' Großvater hat es geschafft, seine privaten Fähigkeiten als Informatikkünstler so einzusetzen, daß Kandidat Paul mit seinem ständigen qualvollen Erbrechen im Internet zu sehen war. Der entsprechende Link war unter dem Stichwort 'Neues Teilinternat - ein voller Erfolg!' zu finden. Als Großvater durfte er den Jungen auf der Krankenstation besuchen, schließlich hat der arme Kerl wenig Familienkontakt und darf abends nicht nach Hause. Ein bißchen familiäre Unterstützung im Krankheitsfall muß ja schließlich sein. Ein wenig Getuschel hier, ein wenig Getuschel da. Pommes wurde so weit als möglich in die Pläne eingeweiht. Alles mußte schnell gehen, die Gunst der Stunde durfte nicht vertan werden.

Aus Angst vor seiner Mutter hatte Paul darum gebeten, die Schärfe des Objektives etwas ungenau einzustellen, damit man ihn nicht sofort auf den ersten Blick erkennt. Auch wenn hinter den Kulissen alles sofort nachvollziehbar war. Paul war erledigt und schlapp. Er vertraute seinem Großvater, der notfalls alles auf seine Kappe nehmen würde. Schließlich war Paul noch ein Kind. Ohne seine Zustimmung jedoch hätte er die Situation nicht für politische Zwecke einsetzen wollen.

'Skandal vor der Wahl', 'Aufstand der Alten' und 'Schule im Zentrum eines Irrenhauses' waren weitere Schlagzeilen. 'Eine Subkultur erhebt sich' - diese Zeile war nahezu der Knaller. Die Stadt tobte. Und andere Städte auch. Wie war es dazu gekommen?

Pommes und Fritz, das konspirative Duo, war zunächst lahmgelegt. Pommes war durch seine Erkrankung, die ihn sehr erschöpfte, ausgeschaltet. Charlotte vertrat ihn jedoch würdig. Emsig wuselte sie zwischen den Kindern hin und her, sauste von Grüppchen zu Grüppchen, schrieb Gesprächs- und Rechercheergebnisse, die Namen von Links und Websites fast fehlerfrei in ihren Superpalm.

Leonardo, der blasse Stille mit dem wuchtigen Vater übernahm die Aufgabe, sämtliche Infos zeitnah an Feuerhaar und Kohle weiterzuleiten. Natürlich getarnt als Informationsmaterial für ein freiwilliges Referat zum Thema 'Wie die Installation des neuen Teilinternats das allgemeine Bildungsniveau der Kandidaten hebt'. Cordula Fritz und Elsie Knopp waren vordergründig genau die Fachfrauen, die um Unterstützung bei einem solch schwierigen Komplex angesprochen werden konnten.

Die Auswertung würde dann später vorgenommen werden. Leonardo, der es gewöhnt ist, sehr ordentlich zu arbeiten, hatte sich die Mühe gemacht, sein Material mit Überschriften zu versehen. Was die Schülerinnen und Schüler gemeinsam in fieberhafter verdeckter Internetrecherche herausgefunden hatten, trug schlicht folgende Überschriften:

Kinder haben Rechte - siehe zum Beispiel unser Grundgesetz, die UN-Charta zu den Rechten des Kindes, die Internationalen Menschenrechte, das Sozialgesetzbuch und so weiter.

Zuviel Cortisol hemmt das Lernen - Hirnforscher haben vor langer Zeit schon herausgefunden, daß Streß, Druck, Angst, negative Kritik und Strafen den Hirnstoffwechsel dazu bringen, einen Stoff namens Cortisol auszuschütten. Ein Zeug, was niemand wirklich brauchen kann, weil es den Aufbau eines gewissen Bildungsniveaus quasi rückwärts laufen läßt. Mit anderen Worten: Zuviel und noch mehr davon ist ungesund.

Bildung ist allumfassend - Bildung betrifft das ganze Leben und alles, was darin vorkommt. Die schulischen Lehrpläne decken nur einen winzigen Teil ab. Der Mensch lernt nur das, was er mit seiner Erfahrung verknüpfen kann. Auswendiglernen irgendwelcher Dinge ist sinnlos.

Bildung ist Bindung - mit Personen die man mag und von denen man geschätzt und respektiert wird, lernt man viel leichter.

Bildung braucht Beziehung - Menschen brauchen liebevolle Beziehungen. Brauchen andere Menschen, bei denen sie sich zuhause fühlen können.

Bildung benötigt Spaß und Freude - dann wird nämlich kein hemmendes Cortisol, sondern ein Stoff namens Dopamin ausgeschüttet. Bildung muß Spaß machen und das eigene Interesse anregen, sonst geht es voll in die Hose.

Kinder sind Akteure ihrer Entwicklung - schon ein Säugling ist allein dafür zuständig, ob er schreit oder nicht. Aus Erfahrung weiß man, daß er unter Umständen kaum aufzuhalten ist. Kinder entscheiden selbst, was in ihrem Gehirn hängenbleiben soll oder nicht, wie sie mit ihren Erfahrungen umgehen können oder wollen und so weiter.

Kinder benötigen unbedingt Gleichaltrige - diese Erkenntnis ist uralt, schreibt Leonardo. Nur die Gleichaltrigen leben in der gleichen gedanklichen und seelischen Erfahrungswelt. Nur sie können sich wirklich verstehen und beraten. Erwachsene haben eine mehr oder weniger lange Geschichte hinter sich und beurteilen die aktuellen Erfahrungen der Kinder nur rückwirkend in ihrer Vorstellung, die noch aus einer Zeit stammt, in der die Welt anders getickt hat und die Kinder von heute noch nicht geboren waren. Also, schreibt er, schließe ich daraus, Erwachsene sind nicht immer die richtigen Partner.

Als er alles abgeschickt hatte, war er einen Moment unschlüssig, ob er Feuerhaar und Kohle auf dem falschen Fuß erwischt haben könnte.

Er wußte ja nicht, daß beide mit grimmigen Gesichtern nickten und mit dem gleichen Feuereifer wie die Kinder die Botschaften in alle Welt, sprich zu allen Parteimitgliedern und solchen, die es in den nächsten Tagen noch werden würden, mailten.

Während dieser Zeit wurde kaum noch geschlafen. Superpalms lagen eingeschaltet und griffbereit neben den Betten. Wer einschlief und mit einem Gedanken wieder erwachte, tippte ihn sofort ein. Jeder gute Gedanke war Gold wert und sollte die Aktion für die Kinder untermauern.

Die Alten waren gewissenhaft. Sie wollten keinen Fehler machen. Wußten sie doch zu gut, daß sie aus der Riege derjenigen, die Fehler gemacht und beste Gelegenheiten vertan hatten, nicht auszuschließen waren. Auch unter ihnen waren welche, die den Politiker mit dem Plan gewählt hatten und diese Entscheidung später bitter bereuten. Auch sie hatten schon zum Teil ihre eigenen Kinder alleine gelassen, sich selbst nicht verstanden und wunderten sich heute, weshalb sich die Welt so zu Ungunsten der Menschen entwickelte und das Geld an aller erster Stelle stand.

Diesmal erkannten sie ihre Chance und wollten sie voll nutzen. In privaten Werkstätten wurde gesägt, geklebt und geschnitten. Im gesamten Bundesgebiet liefen die Rechner heiß. Tag und Nacht wurde gechattet, gemailt, nach Informationen gesucht. Es wurden Texte verfaßt und wieder geändert. Auf rätselhafte Weise stieg der Stromverbrauch in der Bundesrepublik Deutschland sprunghaft an. Die Kontrolleure spekulierten über eine geplanten Putschversuch. Der Geheimdienst wurde eingeschaltet. Doch da war es schon zu spät.

Am nächsten Tag ging es los:

Ordentlich angemeldete friedliche Demonstrationen im gesamten Bundesgebiet, alle zur gleichen Zeit, alle mit haargenau den gleichen Transparenten und Sprechchören. Hunderte, tausende und abertausende waren auf den Beinen, verstopften die Straßen mit ihren Körpern und ihrem Gesang. Ja, sie hatten die Schnauze voll. hatten lange auf diese Gelegenheit gewartet. Jetzt wollten sie aufrütteln, provozieren, aufmerksam machen und auf subtile Art sich selbst und ihren eigenen Kindern in den Hintern treten.

Sprechchöre und Gesang wechselten sich in allen Bundesländern nach einem exakt festgelegten Zeitplan (Pommes Großvater war hier stolzer Urheber) ab.

'Wie schön, daß du geboren bist....' sangen sie.

'Stoppt den Ausverkauf der Kinder' skandierte die Menge.

Zwischendurch verteilten sie Blumen an die Umstehenden, die an diesem Tag nicht zur Arbeit gehen konnten. Weil alles verstopft war. Viele der Alten hatten ihre blühenden Gärten gestutzt und so viele Blumen wie möglich zu den Demos mitgenommen. Ihre Gärten würden nachwachsen.

Zu zweit und zu dritt schleppten sie Transparente und Spruchbänder. Heute noch würden sie bei jedem Rathaus in jeder größeren Stadt, bei jeder Ortsverwaltung in kleinen Städten, beim Bundestag und bei der UNO ihre Petitionen einreichen. Sie würden bei jeder Schule vorbeigehen und ihre Thesenpapiere abgeben. Oder aufkleben oder annageln. Hinter jedem Protestmarsch fuhr ein Transporter mit vorbereiteten Plakaten, die sie als Andenken hinterlassen würden. Überall würden die Demonstranten ankommen, niemand würde sich verscheuchen oder vom Gegenteil überzeugen lassen.

Jetzt war Schluß.

Sie hatten hart gearbeitet und die Informationen der Kinder in ihre bundesweiten Protestmärsche eingebaut. Das von entgeisterten Fernsehsendern in alle Welt übertragene Massenereignis konnte sich sehen und hören lassen:

'Stoppt den Ausverkauf der Kinder!'

'Grabt das Grundgesetz wieder aus!'

'Kinder sind Menschen!'

'Bildung braucht Spaß und Freude!'

'Nieder mit dem Druck - hoch lebe das Leben!'

'Die Mehrheit der Wählerstimmen ist keine Subkultur!'
'Dopamin statt Cortisol - Cortisol macht Köpfe hohl!'
'Auch die Jungen werden alt und die Alten sind nicht kalt!'
'Wählt die Kinderschänder ab!'
'Artenschutz für Kinder!'
'Nimmst dem Kind das Spiel du weg, hat das Lernen keinen Zweck!'
'Schenkt den Kindern Bewegung und Glück - gebt ihnen Natur und Wälder zurück!'
'Mit der Ruhe ist nun Schluß - wir geben unsren Obolus!'
'Jung und Alt sind verknallt!'
'Kinder leben jetzt!'
'Freiheit für immer und Freiheit für jetzt - ab heut' werden keine Kinder verletzt!' Mit diesem Transparent marschierten Feuerhaar und Kohle unmittelbar hinter dem Polizeiauto her. Zwischen Sprechchor und Gesang skandierten die Demonstranten das, was auf ihren Transparenten stand. Immer wieder. Von vorne nach hinten und von hinten nach vorne.

Zur gleichen Zeit gab Pandit Patel eine Pressekonferenz.

Ein Skandal sei das, was mit Zustimmung der Bürger im Verborgenen mit den Kindern geschehen sei. Alle hätten sie es gewußt, keiner habe es so recht erkannt. Oder erkennen können. Niemand habe Zeit gehabt, sich mit dem Leben der Kinder tatsächlich auseinanderzusetzen. Niemand habe sie bisher um ihre Meinung gefragt. Nach bestem Wissen und Gewissen sei über sie verfügt worden. Man habe es nicht böse gemeint, sondern aus Angst um die Zukunft und das eigene Leben eben trotzdem falsch gemacht. Besonders wohlmeinende Eltern haben ihre Kinder an den Staat, denn auch die Schule sei, obwohl sie sich weitgehend selbst bewirtschafte, eine staatliche Einrichtung, verkauft.

Kinder seien keine Sklaven. Die Erwachsenen hätten es besser wissen müssen oder aus ihrer Erfahrung heraus besser wissen können.

Statt dessen hätten viele einfach den Kopf in den Sand gesteckt und die Verantwortung für das Leben ihrer Kinder gänzlich in staatliche Hände gegeben.

Menschen seien vergeßlich. Sie hätten vergessen, daß alle der Staat sind und daß der Staat sich seine Tyrannen selbst macht. Sie hätten das Kind in sich und somit ihre eigenen Kinder vergessen, verleugnet und verraten. Die Leistungsmotivation sänke? Das Bildungsniveau sei kaum auf dem erwünschten Level zu halten?. Kinder seien nicht dumm! Die Gesellschaft habe ihnen leider bis heute aus Gründen die Herr Patel lieber nicht in aller Öffentlichkeit aussprechen will, eine optimale Welt vorenthalten und versucht, Kinderpersönlichkeiten in verquere Erwachsenenwelten zu quetschen.

Bekanntermaßen seien die so genannten Senioren die Mehrheit im Staate. Ganz einfach. Die Partei Freedom For Ever erfasse mittlerweile den allergrößten Teil der Alten. Alle, die genaue Mitgliederzahl sei schwer zu eruieren, weil sie stündlich wachse, besten Dank auch für die kostenlose Öffentlichkeitsarbeit und Werbung durch die Berichterstattung, werden bei der vor der Türe stehenden Wahl ihr Stimmrecht geltend machen. Niemand werde sich ausklinken.

Alle werden sie geschlossen hinter den Kindern stehen. Diese seien tatsächlich die Bürger und Bürgerinnen von heute und von morgen, übermorgen liege unser gesamtes Schicksal in ihren Händen! Diese Rolle wolle gut vorbereitet sein! Die Partei überarbeite zur Zeit ihr Programm und werde konkrete Forderungen zur Vermenschlichung der schulischen Bildung vorlegen! Besten Dank!

Ein Satz geht um

'Höre bitte auf mit deinem Gesülze, du gehst mir auf die Nerven', war der zweite Satz, auf den alle Parteimitglieder gewartet hatten. 'Hebt alle die Hand und gebt eure Stimme ab, jetzt setzen wir unsere Ziele um!', diese Übersetzung des geheimen Codes ist allen geläufig. Sie wissen, was es heißt. Die Wahl steht vor der Tür. Alle werden sie hingehen, notfalls sich fahren lassen oder zur Briefwahl greifen - Hauptsache ihre Stimme fällt ins Gewicht. Soll sich der Politiker mit dem Plan leise fürchten, das ist völlig egal. Sie wissen, daß der Geheimdienst aktiv ist und die Machthaber nervös werden. Dumm gelaufen, hätte man vor dreißig Jahren gesagt.

Was ist das? 'Spinnerpartei am Ruder?', 'Demente Bremsklötze der Nation' und 'Ist der Niedergang des deutschen Bildungsniveaus von langer Hand geplant?' sind die neuesten Schlagzeilen der Internetnachrichten, die mit aktuellen Meldungen über die Aktivitäten von FFE nicht nachkommen. Irgendjemand Anonymes hatte obendrein den Schul- und Ausbildungsweg des Politikers mit dem Plan recheriert und ins Netz gestellt. Jemand sehr geschicktes, denn zahlreiche Links, die vordergründig ganz andere Stichworte aufwiesen, öffneten die entsprechende Website. Ermittlungen waren natürlich im Gange. Aber wie es mit Ermittlungen immer so ist: Zuerst tritt ein Ereignis ein und danach wird geforscht. In diesem Fall war es nicht anders. Eine ständig wachsende Zahl von Usern gelangte unabsichtlich oder mit Vorsatz auf diese Seite. Berater des Politikers mit dem Plan versuchten, durch geschicktes Management Schadensbegrenzung zu betreiben.

Dennoch war es offenbar: Eltern Akademiker, er selbst zweimal eine Klasse wiederholt, sportliche Erfolge minimal, Naturwissenschaften knapper Durchschnitt, künstlerisch unbegabt, Informatikkenntnisse leidlich, Fremdsprachen knapper Durchschnitt, Politik- und Sozialwissenschaften fast gut, ausgezeichnete Rhetorikfähigkeiten, Abitur nur mit Stützkursen und permanenter Nachhilfe, Hobbys keine bekannt, Eltern enttäuscht, Karrierewillen vorhanden. Studium abgebrochen, berufliche Ausbildung nur auf Kosten der Eltern möglich gewesen.

Die ältere Öffentlichkeit, die sich noch an die Wahlkampagne erinnern kann, stutzt. Möglicherweise war der Lebenslauf geschönt, das hat man in anderen Fällen, insbesondere anliegenden Staaten, schon erlebt.

Parallel zu den Aktivitäten von FFE werden im Fernsehen zahlreiche Sendungen und Interviews für und mit dem Politiker mit dem Plan geschaltet. Der geschönte Lebenslauf war sogar verfilmt worden! Für den Fall, daß der Politiker sterben sollte und ein Nachruf benötigt wurde, lag dieser Film praktisch schon im Kasten. Eilige Berater schrieben Reden und schlaue Umschreibungen und Rechtfertigungen für den Politiker zusammen. Allein, es war zu spät.

Seine zahlreichen, durch den unvermuteten Streß und den Sicherheitsverlust gehaspelten 'Hä's' und 'Emm's' trugen nicht wesentlich zur Wiederherstellung seines Images bei. Zumal man herausgefunden hatte, daß er im Stadium des Zorns zu Sprachstörungen neigt. Und zornig ist er. Die Wahrheit ist, daß immer mehr Leute sich fragen, wie so jemand über ein Bildungssystem für Kinder entscheiden kann.

Das Thesenpapier der Partei Freedom For Ever wird veröffentlicht. Darin heißt es unter anderem:

Wir fordern einen menschlichen Umgang mit den Kindern. Sie benötigen persönliche Freiheit, weniger Überwachung, mehr Entscheidungsfreiheit und Mitbestimmung! Unterrichtsinhalte müssen endlich umstrukturiert und modernen Erfordernissen tatsächlich angepaßt werden. Lernen muß lebendiger gestaltet werden, die Kinder müssen aus der Schulfabrik heraus! Sie sollen an der Umstrukturierung des Schulprozesses beteiligt werden! Kinder benötigen Urlaub, Ruhe, Freizeit und Entspannung. Sie sollen mit Gleichaltrigen ungestört zusammensein können. Kinder dürfen nicht nur in versteckte Nischen gepreßt werden, sie haben ein Anrecht auf angemessenen Lebensraum. Weg mit der veralteten Lehrerausbildung, her mit eigenverantwortlicher Wissensverwaltung! Kinder müssen wieder in Kontakt mit der Natur leben, sich als Bestandteil dieser Art von Leben begreifen dürfen!

Kinder sind weder Produkt noch Eigentum von Gesellschaft oder Eltern, sie gehören nur sich selbst und greifen naturgemäß auf alle Rechte und Pflichten zu! Sie haben ein Recht auf kindgemäße Erziehung und Bildung, auf eine gesunde Entwicklung und selbstverständlich auf die unversehrte Entwicklung ihrer Persönlichkeit!

In dieser Art geht es noch ziemlich lange weiter. Die Alten nehmen kein Blatt vor den Mund. Trotz staatlicher Überwachung riskieren sie nicht viel. Zur Todespille kann man sie nicht zwingen. An manchen Stellen wird gemunkelt, der eine oder die andere sei so lange manipuliert worden, bis die Pille geschluckt worden sei, zu Befürchtungen solcher Art besteht momentan keine Veranlassung. Die Alten sind vital, wichtig, gesund und gehören alle zusammen. Aus Kostengründen und wegen der Platzverhältnisse kann der Staat auch nicht sämtliche Parteimitglieder einsperren. Wohin mit Ihnen? Obwohl Strafgefangene mit eigenem Einkommen für ihren Lebensunterhalt im Gefängnis sorgen müssen, wäre obendrein der finanzielle Gewinn nicht so umfänglich gewesen.

Sie äußern sich sogar dazu, was sie in der Übergangsphase, nämlich der Zeit, die man zum Umwandeln der Schule braucht, tun würden.

Wir verpflichten uns, zumindest während der Übergangszeit und gerne später in Einzelfällen auch noch, folgende Unterstützungsarbeit für Kinder und Familien kostenlos zu leisten:

Wir wollen Ansprechpartner und -partnerinnen während der täglich mindestens zwei Stunden persönlicher Freizeit sein und dort betreuen, wo Erwachsene gebraucht werden.

Wir diskutieren, lesen und kochen mit den Kindern. Wir essen mit ihnen und recherchieren mit ihnen im Internet.

Wir ermöglichen Kino- und Theaterbesuche, Konzerte und sonstige Dinge, die wir mit den Kindern besprechen. Eine Freizeit, die wir unterstützen und begleiten würden, müßte auch drin sein.

Wir sprechen mit den Kindern über ihre Probleme und Zukunfts-vorstellungen, über ihre Befürchtungen und darüber, wie sie ihre Talente und Begabungen einsetzen wollen.

Auf Wunsch diskutieren wir mit den Kindern über ihre Texte und Forschungsergebnisse und schützen sie dort, wo sie in Ruhe sein wollen. Wir achten ihre Grenzen und respektieren ihre Persönlichkeiten.

Wir wollen uns mit unseren Kenntnissen und Fähigkeiten dafür einsetzen, daß die Kinder in alle Winkel dieser Welt hineinsehen und sich informieren können. Wir gehen nicht nur in Museen, sondern zur Börse, ins Parlament, in alle möglichen Firmen, in Werkstätten, zu Geschäftsleitungen, gehen mit zum Schnupperseminar an der Universität und in die dunklen, kalten Nischen, wo auch heute noch diejenigen leben, die weder Ausbildung, Geld noch Zukunftschancen haben. Wir besuchen Gefängnisse und Krankenhäuser, sponsern Auslandsaufenthalte, damit sich die Kinder ihr Bild von der Welt selbst machen können.

Wir sind bereit, flexibel zu sein und nach Absprache mit den Kindern auch Dinge in unser Programm aufzunehmen, die wir bis heute noch nicht herausgefunden haben.

Wir geben den Kindern, so weit es uns im Augenblick möglich ist, die Natur zurück.

Das, was wir zu tun beabsichtigen und versprechen, ist unser Beitrag zu einer gesunden Lebenswelt der Kinder und in unseren Augen eine echte Entlastung für deren Eltern. Wir können die Welt nicht komplett verändern, dazu waren wir selbst zu lange untätig. Das Rad der Geschichte läßt sich nicht zurückdrehen. Wir bieten uns an, gemeinsam mit den Kindern Schritte zur Verbesserung der Lebenssituation zu planen und zu gehen. Schritte, die alle Menschen, die diesen Weg mitgehen, ihre persönliche, menschliche Freiheit, die als eines der höchsten Güter der Spezies Mensch und als ihre große Besonderheit betrachtet wird, zu empfinden.

Fehler dürfen sein, denn auch Irren ist menschlich.

Außerdem verpflichten wir uns zur Wachsamkeit gegenüber den Versprechungen der Politik. Wir lassen nicht mehr alles durchgehen und wenden unsere Augen nicht mehr von den Rechten und der Freiheit des Menschen. Und auch nicht von seinem Wert. Kein Mensch darf nur ein Puzzleteil im großen Spiel sein!

Wir setzen uns für mehr Überzeugungsarbeit und weniger Zwang ein.

Wir befürworten einen freiwilligen Aufenthalt der Kinder im Teilinternat und bieten denjenigen, die zuhause weder bleiben können noch wollen, Wohnmöglichkeiten und privates Leben in unseren Häusern an.

Der Plan geht auf

Die Wahl kommt schneller an den Himmel, als man glaubt. Die Zeit vergeht unheimlich schnell. Lehrkräfte sind verunsichert, der Unterricht gestaltet sich etwas lockerer. Justus von Schreyhammer hat sich vorübergehend aus besonderen Gründen beurlauben lassen. Die Stelle der Schulsekretärin ist noch frei. Pommes ist längst schon wieder genesen. Seine Mutter tobt. Sie öffentlich als Loserin hinzustellen und sie mit seinem Auftritt im Internet zu blamieren, sei das Höchste an Frechheit und Aufmüpfigkeit, was sie sich vorstellen kann. Noch habe sie die Autorität und bestimme! Daran werde sich nichts ändern!

Pommes genießt mittlerweile den Aufenthalt im Teilinternat und gewinnt ihm eine besondere Qualität ab. Schmunzelnd verhängt er die Webcam mit einer schmutzigen Sporthose, seine Mutter kann ihn 'mal. Lieber liest er abends englische Literatur, als ihre Gegenwart zu ertragen. Die für ihn momentan größte und schlimmste Drohung, die sie ihm antun könnte, ist ihr offensichtlich entgangen: Ihn jetzt wieder aus dem Teilinternat nach Hause zu zwingen, wäre in der Tat das Schlimmste.

Zwischen Großvater und seinen Eltern ist der Kontakt abgebrochen.

Charlotte genießt die zahlreichen Gespräche in der Pause. Die Aktivitäten der Parteimitglieder und die gesamte sichtbare Entwicklung des Augenblicks werden heiß diskutiert und begierig verfolgt. Alle Kinder sind gespannt, wie das wohl ausgeht. Ob die Macht der Alten tatsächlich so umfangreich sein würde, ob sie ihnen glauben können, ob noch etwas passiert, was diese Entwicklung stoppt.

Pommes und Charlotte tuscheln miteinander, sie lachen viel häufiger als früher. Hoffnungsvolle Stimmung breitet sich überall aus.

Mensch, das wäre toll, wenn wir das alles erreichen könnten! Wenn sich der Einsatz lohnt. Hell- und dunkelblaue ÜbadrüSchs tummeln sich draußen in der Sonne, mancher Scanner mußte schon ersetzt werden, weil die Kinder so ausgelassen und übermütig abklatschen.

Leonardo rührt das Internet im Moment nicht an. Mit harmlosem Gesicht macht er alles mögliche, um seinem Vater nicht aufzufallen. Um durch nichts in der Welt darauf hinzuweisen, daß es seine Heldentat war, den Alten die Ergebnisse der Schülerschaft weiterzumailen. Er verhält sich brav, geht abends noch bevor das Licht ausgeht, früh zu Bett. Starrt im Dunkeln an die Decke und atmet tief aus. Was er sich getraut hat! Mannomann!

Charlotte kann ihre Großmutter seit Wochen schon nicht mehr besuchen. Cordula Fritz und Elsie Knopp sind fast pausenlos auf Achse. Mailen hin und her, halten Konferenzen ab, schreiben Texte und halten lange Reden. Pommes' Großvater achtet weiterhin peinlichst genau darauf, in allen Bundesländern zur gleichen Zeit den gleichen Zeit- und Arbeitsplan der Partei einzuhalten. Wie jeder einzelne Schritt in einer riesigen Tanzgruppe muß alles akkurat zur Musik abgestimmt sein! Das Netz darf keine überflüssige Masche zu erkennen geben. Alle wie ein Mann, ist das Motto der letzten Tage.

Pandit Patel reist durch alle Bundesländer, spricht zu den Ortsgruppen, gibt der Presse täglich ein Interview, verkündet die täglichen Fortschritte. Jeden Tag einen. Niemand soll vergessen, daß FFE eine echte, zuverlässige Kraft ist! 'Wir stehen bei den Kindern im Wort!' lächelt er nach jeder Pressekonferenz mit sanften Augen in die Kamera.

Um den Frieden an der Schule zu wahren, wird von diesen Nachrichten während des Tages nichts übertragen. Alle Kinder sind darauf angewiesen, abends, wenn sie müde nach Hause kommen, die Meldungen zu verfolgen.

Der Tag der Wahl ist vorbei. Betretene Stille breitet sich im Land aus. Das Ergebnis ist bei weitem nicht das erwartete. Der Politiker mit dem Plan sagt kein Wort mehr. Zuhause vermutlich schon, aber nicht in der Öffentlichkeit. Er ist zu keinem Kommentar bereit. Presse und Rundfunk verhängen eine 24stündige Nachrichtenpause. Es ist schwer, die richtigen Worte zu finden. Die Katastrophe ist komplett.

Die Anzahl der Parteimitglieder war tatsächlich planmäßig bis kurz vor der Wahl, genau in dem Zeitraum, in dem man noch wirkungsvoll in die Partei eintreten konnte, angewachsen. Hektische Reporter nuschelten etwas von 'Millionenhöhe' in die Mikrophone. Weil die Partei mit ihren Absichten niemals hinter dem Berg gehalten hatte, ergaben sich noch hektischere Hochrechnungen. Hochrechnungen, die feststellen sollten, wieviele Personen gegen und wie viele für den Politiker mit dem Plan stimmen würden.

Voraussichtlich stimmen würden. Das Hauptinteresse der Medien richtete sich auf den Pool der Personen, die für den Politiker stimmen würden. Und auf die Relation, auf das Verhältnis der Zahlen. Ob es nämlich möglich wäre, die Partei der Alten zu überstimmen? Ob noch genügend Wähler da wären, die die 'Senile Demenz', eines der übelsten Schimpfworte der damaligen Zeit, abwenden würden?

Nach der Wahl dann, als alle Prognosen abgegeben wurden, alle Abwertungen ausgesprochen waren und der Politiker mit dem Plan zuversichtlich schon am Vorabend zur Wahl Champagner getrunken hatte, wußte man nichts mehr zu sagen.

Die Stimmen derjenigen, die den Politiker zu Fall bringen wollten, hatten sich verdreifacht!

Im Schatten der Alten hatten sich auch zahlreiche Eltern in der traditionell geheimen Wahl getraut, ihr Kreuz an den richtigen Stellen zu machen!

Öffentlicher Jubel war wegen der staatlichen Überwachung nicht so angesagt. Keiner war wirklich darauf vorbereitet, nach der Wahl freier zu sein, als zuvor. Leider hatten sich Cordula Fritz und Elsie Knopp und auch sonst niemand von FFE persönlich zur Wahl gestellt. Stellen können. Die Partei war bis vor kurzem so superwinzig, daß an einen Sitz im Parlament nicht zu denken war. Allerdings war die Medienarbeit so öffentlichkeitswirksam, daß, wie man sah, plötzlich viel mehr als gedacht, von ihrem Gedankengut Wind bekamen. Aus verfassungsrechtlichen Gründen stand FFE mit einem Mal auf den Stimmzetteln.

Wie sollte es weitergehen? Die Unsicherheit war groß. Würde man durch ein noch schlechteres Ergebnis gestraft werden? Welche Partei sollte man am besten wählen? Eine war so unüberschaubar wie die andere. So gleich, so wenig akzentuiert, so widersprüchlich. Einzig FFE war glasklar und deutlich mit Ansichten, Meinungen und Programm an die Bürger und Bürgerinnen herangetreten. Nun, die Menschen nutzten ihr Stimmrecht nicht nur dazu, den Politiker mit dem Plan nicht wieder zu wählen.

Irgendwer muß die Stimme ja kriegen, sonst ist die Wahl keine Wahl mehr.

So kam es, daß sich FFE mit fassungsloser Überraschung mit der Mehrheit im Bundestag konfrontiert sah! Ganz klar, darüber mußten alle erst noch einmal nachdenken. Mußten erst einmal nachforschen, was das zu bedeuten hatte, ob und wie man das nun leisten könnte.

Die Welt hatte sich gedreht. Unglaublich viele Personen hatten das übereinstimmend geschafft. Das Ergebnis war dermaßen gigantisch, daß vor allen Dingen die Drahtzieher mit hohlen Köpfen vor den Plasmafernsehgeräten saßen.

Der arme Pandit Patel wurde in seiner Funktion als Pressesprecher dann doch interviewt, damit nach 24 Stunden eine Sendung ausgestrahlt werden konnte. Als ob er es geahnt hätte, flüchtete er sich direkt nach Bekanntwerden des Wahlergebnisses in seine liebste Yogahaltung, konzentrierte und entspannte sich. Das war dringend nötig. Zwischen Lachen und erlöstem Weinen hin und hergerissen hatte er die allergrößte Mühe, auf seinem Kissen ruhig zu sitzen. Mit roten Augenlidern und einem verhaltenen Kichern im Hals gelang es ihm schließlich, wenigstens einen Satz in die Kamera zu nuscheln: "Das Leben hat entschieden - es lebe das Leben". So hörte es sich zumindest an.

Dann knallte er die Haustür zu und tanzte laut singend und klatschend mit seiner Frau durch das ganze Haus. Treppauf, treppab.

Als sich am Tag nach der Wahl die Menschen von ihrer Überraschung erholt hatten und die Lage genauer überblickten, blühte Jubel auf. Alle Fenster wurden geöffnet, die Menschen gingen auf die Straße, umarmten sich, schüttelten Hände, sahen sich in die Augen. Lachten. Unglaublich, sagten sie, wahrhaft unglaublich.

Nachdem die 24stündige Nachrichtensperre vorbei waren, traten Cordula Fritz - Parteivorsitzende - und Elsie Knopp- Vize - vor die Kameras in ihrer Stadt. Die Kinder waren aus besonderem Anlaß vom Unterricht befreit und konnten so, so weit als möglich sogar mit ihren Familien, in der Aula der Schule an dieser Pressekonferenz teilnehmen.

Pommes und Fritz saßen in der ersten Reihe. Charlotte war wahnsinnig stolz auf ihre Großmutter. Nie hätte sie gedacht, daß ihre alte Dame noch so viel Feuer unter dem Hintern hätte! Pommes lehnte sich wohlig an seinen Großvater, bei dem er sich sicher fühlte. Seine Eltern waren nicht anwesend. Momentan mochte er an die beiden und ihre ewigen Zankereien, an ihre falschen Fassaden und den Wurm in der Familie nicht denken. Es war ihm einfach zuviel. Frau Fritz saß diesmal mit offenem Haar und knallgelber Bluse neben ihrer Tochter, griff immer 'mal wieder aufgeregt nach deren Hand. "Stell' dir vor, Oma wird Bundeskanzlerin!?! Ich fasse es nicht!".

Leonardo und dessen wuchtiger Vater, der sich erneut um seine politische Karriere kümmern mußte, saßen aufmerksam hinter ihnen. Der wuchtige Vater schürzte die Lippen, versuchte einzuschätzen, wo und wie er in dieser neuen Konstellation seinen Platz finden könnte.

Pandit Patel hatte seine Frau mitgebracht, mit schmalen Fingern die zierliche Brille geradegerückt, sich hingesetzt und bequem die Beine übereinandergeschlagen. Frau Patel, im karmesinroten Sari, war eine wirkliche Augenweide.

Feuerhaar und Kohle hatten ein Ziel erreicht, von dem sie in ihren kühnsten Träumen gerade 'mal flüchtig fantasiert hatten. Zur Feier des Tages hatten sie sich herausgeputzt. Stolz und freudig standen sie aufgeregt Schulter an Schulter auf dem kleinen Podium, das extra für sie hergerichtet worden war. Elsie Knopp, elegant, schick und sportlich, blickte fest in die Augen des Interviewers. Cordula Fritz, noch im Alter unverwechselbar mit Feuerhaar, setzte in ihrer neuen Rolle als Parteivorsitzender selbstbewußt und souverän zu einer kurzen Rede an. Überwältigt von dem Erfolg ihrer Partei seien sie beide. Nicht nur sie, sondern alle Parteimitglieder, die sich unter dem Druck der Situation mutig genug gezeigt hätten, ihre stille Mitgliedschaft in eine aktive Mitgliedschaft mit all ihren Konsequenzen einzugehen. Noch überwältigter jedoch seien sie von dem unvermuteten und unerwarteten Zuspruch der übrigen Wählerschaft, der es ihnen ermöglichen würde, genau wie sie es in ihren Thesen angekündigt hatten, gemeinsam mit den Kindern Schritte in eine lebenswertere Schule zu planen und zu gehen. Folgende Worte wurden protokolliert und gingen später um die ganze Welt:

"Meine sehr verehrten Damen und Herren, liebe Kinder,

wir bedanken uns von Herzen für Ihr, für euer aller Vertrauen und die unterstützende Zusammenarbeit, ohne die wir dieses hohe Ziel niemals erreicht hätten und ohne die wir weiterer Schritte niemals würden umsetzen können! Natürlich sind wir stolz auf dieses umwerfende Ergebnis. Stolz und aufgeregt. Denn nun haben wir mit euch allen wichtige Ziele erarbeitet und unsere Versprechen dazu gegeben.

Versprechen, die wir uns vorher gut überlegt haben. Und nun? Wie geht es weiter? Mit einem Schlag, buchstäblich über Nacht, ist es mit unserem gemütlichen Alltag vorbei. Wir leben nicht mehr nur für uns und nicht mehr im Verborgenen. Auch unsere geheime Idee, mehr Freiheit für alle, besonders für die Kinder zu erreichen, ist ans Licht der Öffentlichkeit gedrungen, ist bekannt geworden. Mit einem Mal müssen wir uns an unseren eigenen Versprechen messen lassen. Müssen beweisen, ob unsere Vorsätze überhaupt etwas taugen.

Wir müssen Stellung beziehen und uns kritisieren lassen. Ja, bis vor kurzem waren wir diejenigen, die im Verborgenen gemeckert haben. Heute sind wir diejenigen, die sich gegebenenfalls anmeckern lassen müssen. Und wir haben einen Berg von Schulden! Ja, sie haben alle richtig gehört! Einen unglaublich hohen Berg von Versprechen und Zusagen, die wir in allerengster Zusammenarbeit mit den Kindern dieser Stadt und übrigens bundesweit mit allen Kindern in allen Städten und Ortschaften, umsetzen wollen.

Als erste Verordnung unserer Partei gilt die sofortige Einrichtung eines demokratischen Kinder- und Jugendparlamentes! All diese Parlamente wählen einen Vorsitz, bundesweit kommen alle Vorsitzenden zu einem regelmäßigen Austausch zusammen und wählen wiederum einen Vorsitz. Mit Stellvertretung versteht sich. Dieser Vorsitz wiederum wird einen Sitz bei der UNO erhalten. Auf diese Weise wird die Mitbestimmung der Kinder in aller Welt verankert werden!

Als zweiten Schritt unterrichten wir sie über finanzielle Transaktionen unserer Partei, die wir auf komplizierten Wegen", Feuerhaar strahlte über das ganze Gesicht, "hoffentlich zur Freude der Kinder und unserer Wähler und Wählerinnen vermutlich in den Abendstunden des heutigen Tages abschließen werden." Cordula Fritz lächelte mit blitzenden blauen Augen in die Runde, schaute die Versammelten so weit sie konnte, alle persönlich an, nickte dem ein oder anderen freundlich zu.

"Sie werden sehen", nachdem sie einen Schluck Wasser getrunken hatte fuhr sie ohne Umschweife fort, "daß wir in den vergangenen Stunden nicht untätig waren. Bevor wir unser weiteres Arbeitsprogramm erstellen und sie alle darüber informieren, können wir nicht anders, als sie und euch Kinder vor allen Dingen von dieser Stelle aus für den morgigen Samstag zu einer Party einzuladen". Cordula Fritz lachte und fuhr sich mit den Fingern durchs rote Haar. Oh Gott Oma! Charlotte wurde heiß vor Peinlichkeit, weil die so adrette und schicke Frau Fritz senior doch tatsächlich schwarze, dreckschwarze Fingernägel hatte! Sie braucht eine Imageberaterin, dachte Charlotte, eine Imageberaterin, aber sofort.

Feuerhaar wäre nicht Feuerhaar, hätte sie nicht sofort den tadelnden Blick ihrer Enkelin aufgefangen und richtig gedeutet. Spitzbübisch drohte sie ihr mit dem Zeigefinger. "Meine Damen und Herren," lächelte sie schelmisch, "sehen auch sie" und damit streckte sie ihre Gartenarbeitshände vor, "daß Politik tatsächlich mit Arbeit verbunden ist!" Stürmisches Gelächter im ganzen Saal, von tosendem Applaus unterlegt, war die Folge. Natürlich wurde ihre Rede auf einem riesigen Monitor, einer Art Leinwand, übertragen, die schmutzigen Fingernägel sichtbar bis in den letzten Winkel. "Die Presse ist übrigens auch herzlich eingeladen. Morgen um 14.00 Uhr am Waldrand über den Wiesen. Alle Gäste werden gebeten, Arbeitsgerätschaften wie Zangen, Spaten, Arbeitshandschuhe und Besteck mitzubringen. Dann werden sie sehen, was wir buchstäblich schon geschafft haben! Nach der Party dann geht unsere Arbeit erst richtig los!"

Nachdem der Beifall geendet hatte, wurden alle Anwesenden gebeten, sich in Teilnehmerlisten einzutragen, damit die Gastgeber für ausreichend Verpflegung sorgen konnten.

Die Party

Hä? Pommes und Fritz schauen sich verwundert an. Eine Party? Morgen? Ein altmodisches Wort. Wann zuletzt haben sie überhaupt gefeiert? Wann war der letzte Anlaß, an dem sie fröhlich und ausgelassen waren? Kaum vorstellbar. Natürlich würden sie hingehen. Ein merkwürdiges Fest ist da angekündigt. Arbeitsgerätschaften? Sollten sie selbst ihr Obst ernten oder was war das? Wenn sie sich am Waldrand treffen, würde das Fest im Freien stattfinden. Alle sind eingeladen, deshalb würden sie auf Geld für die Eintrittskarten, die sie benötigen würden falls sie in den Wald wollten, verzichten können. Niemand wußte so recht, um was es geht.

Pandit Patel mit seiner hübschen bunten Frau will nichts verraten. Oh, Geheimnisse brauchen die Menschen mitunter! Abwarten bis morgen müßte doch zu schaffen sein. Mit freundlichen Worten verabschiedet er sich, er habe noch zu tun.

Am nächsten Morgen ist Charlotte früh auf den Beinen. Da heute schulfrei ist, bleibt der Scanner ausgeschaltet. Hastig saust sie ins Badezimmer und frühstückt später gemeinsam mit ihrer Mutter. Schade, daß ihr Vater noch im Ausland ist. Sicherlich oder hoffentlich hat er im Fernsehen die Aktivitäten seiner rührigen Mutter, die so ganz das Gegenteil von ihm ist, verfolgt? Charlottes Mutter nickt. Klar, er hat sie sofort angerufen und ihr herzlich gratuliert. Wenn er es schafft, kommt er auch zum Fest.

Es wird Zeit, loszugehen. Heute fahren sie mit dem Auto, sie wollen Feuerhaar und Kohle, die beide in Feuerhaars Haus übernachtet haben, sicherlich völlig entkräftet in die Betten gefallen sind, abholen. Wieder fahren sie an umzäunten Wiesen und Wäldern vorbei, einzig die Vögel sind imstande, dieses Grenzen fraglos und selbstverständlich zu überwinden.

Als sie ankommen, steht Feuerhaar in Jeans und Großvaters altem

Flanellhemd vor der Haustür. Aufgeregt winkt sie ihnen zu. "Ich bin sofort fertig, die Transporter sind schon weg!" Charlotte springt aus dem Auto, umarmt ihre Großmutter, rennt um das Haus herum, um Benjamin, der seine langen Ohren zum Stall heraushängen läßt, zu begrüßen. Mit einem lauten Schrei bleibt sie wie angewurzelt stehen.

Omas geliebter, liebevoll gepflegter Garten! Wie sieht er nur aus? Kahl, Pflanzenstängel ohne Blüten, alles abgeschnitten, das riesige Beet mit den Frühkartoffeln - ausgewildert! "Oma!" Feuerhaar war schnellen Schrittes hinters Haus geeilt und steht schon neben ihr. "Sieht aus, als wäre eine Horde Wildschweine in meinen Garten eingefallen, oder?" Mit zufriedenem Gesicht kommentiert sie die Verwüstung! Charlotte kann es nicht fassen, entgeistert starrt sie Feuerhaar an. "Keine Panik, Lotta!" Feuerhaar umfängt ihre Enkelin an den Schultern, grinst sie an, "die Politik hat mir keineswegs die Sinne vernebelt oder den Verstand geraubt. Komm jetzt zum Fest und du wirst sehen. Das hier", mit weit ausholendem Arm umfängt sie das, was einmal wunderschön war, "das hier wächst alles nach. Du wirst sehen, schon im Herbst blühen die nächsten Blumen".

Kohle drängelt, ebenfalls in Arbeitsklamotten, zum Aufbruch. "Kommt schon! Wenigstens wir müssen pünktlich sein. Wir haben das alles angezettelt. Die Presse kommt und die Gäste sollen nicht warten!".

Eilig schließen sie Türen und Fenster, werfen Benjamin noch einige Möhren hin und fahren los. Zur Party am Waldesrand.

Von Ferne schon sehen sie wie dunkle Streusel in der Landschaft eine unglaubliche Menschenmenge, die sich versammelt hat. Vor dem Eingangsscanner des Waldes erkennen sie ein winziges Podium mit riesigen Boxen, die offensichtlich schon wieder eine Rede in jedes Ohr transportieren sollten. Merkwürdige Geräte, die eher zur Essenszubereitung zu dienen scheinen, stehen herum. Oh, sie waren fast zu spät! Beim Näherkommen erkennen sie einzelne Gesichter, Pommes steht da im Arbeitsoutfit, hält die Hand seines Großvaters, bei dem er einziehen wird. Leonardo und sein wuchtiger Vater drängeln sich in die erste Reihe. "Papa!" Charlotte stürzt sich mit einem Aufschrei in die Arme ihres Vaters. Er hat es geschafft! Feuerhaar strahlt in an, ihren rundlichen Sohn, der nichts von ihr hat, den sie aber trotzdem sehr liebt. Auch wenn sie sich kaum sehen.

Entschlossen bahnen sie sich einen Weg durch die Menge. Vorbei an einem üblen Berg frischer Kartoffelschalen, wie Charlotte mit gerunzelten Brauen registriert. Komisch das alles, wenigstens hätten sie aufräumen können.

"Meine sehr verehrten Damen und Herren und vor allen Dingen: Liebe Kinder!" Unter Beifall und Blitzlichtgewitter sind Feuerhaar und Kohle auf das winzige Podest geklettert, Kohle hält Feuerhaar das Mikrofon vor den Mund. Sie kann das heute nicht selbst, weil sie vor lauter Aufregung praktisch mit Händen und Füßen redet. "Wir freuen uns, euch und sie alle an dieser historischen Stelle begrüßen zu dürfen!" ruft sie aufgeregt in die Menge, "unsere gestern angekündigten finanziellen Transaktionen sind glücklich abgeschlossen, das Geschäft notariell beglaubigt. Eine unserer Forderungen setzen wir jetzt sofort um. Und auch eines unserer eigenen Versprechen: Wir wollten unseren Obolus geben! Wir haben es getan! Schnappt euch alle euer Arbeitsgerät, zieht die Handschuhe an und legt los! Was lange angespart war, ist gut angelegt. Schaltet die Scanner aus, reißt die Zäune nieder, dieser Wald hier ist eurer. Und hinterher", sie kämpft mit ihrer lauten Stimme gegen das Getöse der Menge, "essen wir ebenfalls historisch das, was Kinder im letzten Jahrtausend so gerne hatten: Pommes! Jungs, werft die Fritteuse an"!

Deswegen die Schweinerei im Garten! Charlotte geht ein Licht auf. Während die anderen beginnen, die Umzäunung niederzureißen, mit ihren Geräten um den ganzen Wald herumzugehen, die Arbeiten würden Stunden in Anspruch nehmen, geht Charlotte ein Licht auf. Sie sinnt nach und schaut Leonardos wuchtigem Vater zu, wie er entschlossen die Axt schwingt. Pommes frites, wie diese Dinger heißen,

sind nicht nur verpönt, sondern aus gesundheitlichen Gründen, näm-
lich weil der Mensch so fett davon werden kann, aus dem Handel ge-
nommen. Vermutlich hat nicht nur ihre Oma den Garten geplündert.
Deswegen die Kartoffelschalen! Charlotte schämt sich fast ein bißchen.
Kohle hat sich eine Schürze umgeschnürt, um die ersten Gäste an der
Fritteuse zu bedienen. Mit Ketchup oder Mayo oder gar rot-weiß?

Von dieser Frage würde sie heute Nacht sicherlich träumen.........